欢迎回来，旅人

たびやおかえり

[日] 原田舞叶 著
王蕴洁 译

中信出版集团 | 北京

图书在版编目（CIP）数据

欢迎回来，旅人 /（日）原田舞叶著；王蕴洁译
. -- 北京：中信出版社，2020.4
ISBN 978-7-5217-1536-1

Ⅰ. ①欢… Ⅱ. ①原… ②王… Ⅲ. ①长篇小说－日本－现代 Ⅳ. ①I313.45

中国版本图书馆CIP数据核字（2020）第027075号

欢迎回来，旅人

著　　者：［日］原田舞叶
译　　者：王蕴洁
出版发行：中信出版集团股份有限公司
（北京市朝阳区惠新东街甲4号富盛大厦2座 邮编 100029）
承 印 者：山东鸿君杰文化发展有限公司

开　　本：880mm×1230mm　1/32　　印　　张：7　　字　　数：160千字
版　　次：2020年4月第1版　　印　　次：2020年4月第1次印刷
京权图字：01-2019-4532　　广告经营许可证：京朝工商广字第8087号
书　　号：ISBN 978-7-5217-1536-1
定　　价：48.00元

每次旅行，我都觉得正一步一步接近充满怀念的故乡。

1

回过神时，我发现自己今天也在旅途中。

我喜欢旅行，喜欢踏上旅途。每当踏上旅途时，我总是心情平静，身心彻底放空，充分感受和风吹拂。

我从十几岁开始到处宣扬“我喜欢旅行”，没想到久而久之，旅行变成了我的工作。

至今为止，我去过很多地方，已经走遍日本国内所有的都道府县[①]，县政府所在地当然都去过。最近的重点目标是地方的小城镇和村庄。

听我这么说，可能有人以为我是记者或是旅行社的导游，可惜他们猜错了。

我的职业是艺人，是到处旅行的艺人。

我有一个常态性的节目，是专门介绍当地景点和美食的旅游节目。我手上只有这一个常态性节目，但每次想到自己最喜欢的事成为目前的工作，就不禁对神明感激不已。

最近，我开始认真思考在自我介绍时，也许该自称“职业旅人”。

我原本就不太适应别人称我为“艺人”，曾经希望被称为“艺术家”或是“女演员”，但一开始就被称为“艺人”；也曾经有一段时间被

① 都道府县：日本一级行政区划，共 47 个。——编者注

称为“偶像”——虽然只是刚出道时的一小段时间而已。

每次去 KTV，无论流行歌曲还是演歌[①]都难不倒我，朋友都对我的歌声赞不绝口；中小学时代，每次游艺会演戏，都是我当主角；奶奶总是称赞我：“你是这一带最有才能的女孩。”我绝对有当艺术家或是女演员的资质，但不知道为什么，一出道就是“艺人”。七八年前，别人还称我为“前偶像艺人”，从两三年前开始，我沦落为“过气艺人”。

既然这样，我不如自称为“旅人”。

基于这种想法，我在录影排练时，没有事先预告，就这样自我介绍：“各位午安，我是‘欢迎回来旅人’丘惠理佳，今天要向各位介绍的是……”

“卡、卡！”导播市川先生立刻叫了起来，“不行不行不行！‘欢迎回来旅人’是怎么回事？脚本上可没有这句台词。”

站在我右侧的发型师小光和站在左侧的造型师实美冲了过来，这两个工作能力很强的女生抓紧每分每秒，在我脸上补妆，整理衬衫的衣襟。每当小光和实美为我整理仪容时，我总是暗自庆幸，觉得能在这个行业工作真是太幸运了，这意味着出现在镜头中的是更加美丽的自己。十几二十岁时，即使不涂脂抹粉、刻意装扮，也完全没有问题，但三十二岁的年纪，能够被人打扮得漂漂亮亮的，女人本能地就会感到高兴。

“对不起，我临时想这么说看看。”鼻翼的毛孔已经用粉底盖住了，所以我故意拉长人中说道。

这时，传来扑哧的笑声。看着镜头的摄影师安藤先生忍不住笑了

① 演歌：日本传统歌曲类别之一。——编者注

出来："小丘，这个表情很不错啊，用这个表情上镜头，数字会很漂亮。"

数字会很漂亮，这是这个行业的专业用语，是"收视率会很高"的意思，也是影视业中最有威力的一句话。每个节目都有赞助厂商，只要收视率高，就能够确保有固定的赞助厂商，有稳定的赞助费，艺人的酬劳就可以增加，工作人员也有充足的经费。只要数字漂亮，好处就说不完。但即使数字会很漂亮，我也不愿意拉长人中的脸被拍特写。

"对噢，真是好主意。"助理导播奥村也附和安藤先生的意见。

"你废话少说，"市川先生发出惨叫声，"电车还有几分钟到？"

"呃，三十秒……不对，惨了，二十秒。"

"呜啊！"市川先生发出更悲惨的叫声，蹲下身体，看着取景器叫道，"赶快做好准备。顺太，电车开过来时，先拍电车的车头，然后再移到丘惠理佳脸上。小丘，面对着这里站好。准备好了，电车来了，来了来了。弘南铁路，不错噢。太有地方线的感觉了，铁路迷一定爱死了，三、二、一……"

各位观众午安，我是"欢迎回来"小姐丘惠理佳[①]。今天，我将在这里——弘前车站，搭弘南铁路，前往青森县黑石市来一趟小旅行。

请问你知道黑石是怎样的城市吗？它是时下最热门、最当红的炒面发源地，而且这炒面不是普通的炒面，是蘸酱炒面。听说是把炒面放进荞麦面的蘸酱里，你相信吗？那是什么味道？！丘惠理佳，超想知道。

接下来就要搭电车了。不知道有什么美食等着我们，太期待了。今天也要小旅行，那就出发啰。

---

① 日语中"欢迎回来"与"丘惠理佳"的发音相似。——译者注

我在地铁千代田线的赤坂车站下了车，走出车站后，沿着大路往乃木坂的方向，进入一楼是最近流行的健康西式便当店的大楼，走进电梯，按了“3”的按键。这座电梯每次停下来之前，都会上下用力晃动一下。

正前方的黑色铁门上，贴着“万代屋经纪公司”的小牌子。董事长说，不起眼的牌子最好，以免被粉丝找上门，但经纪公司的门向来都不锁。

我用力打开门，大声打着招呼：“早安！”

“原来是惠理佳，昨天去青森出外景，没有住在那里吗？这么快就回来了？”

万代屋经纪公司（简称“万代屋”）负责事务和会计工作的副董澄川望乃穿着拖鞋，啪嗒啪嗒地走到玄关。

我费力地把靴子脱下来时回答：“昨天搭末班车回来的，为了节省经费，所以这次出外景当天来回。”

“啊哟，真可怜。”望乃露出舒畅的笑容，五十八岁的望乃曾经是性感偶像，走路的时候总是摇晃着远远超越性感的丰腴肉体，而且总是尽情地把爱和坏心眼发挥在我这个万代屋唯一的艺人身上。

“董事长来了吗？”

“你的靴子真漂亮啊，是真皮的吗？鳄鱼皮的？爱马仕？不可能吧？”她根本没有听我说话。

“这是压了鳄鱼皮花纹的合成皮，在新宿露米娜百货买的，九千八百元[①]。”

① 本书货币单位均为日元。——编者注

“啊哟，真便宜啊，看起来不像才九千八的。穿在前偶像脚上，看起来就是不一样。借我试穿一下。”她开始把粗壮的小腿拼命往靴子里塞。

我不理会她，走到董事长办公室门口，轻轻敲了敲门，门内一如往常没有反应。“早安！”我很有精神地打了招呼，打开了门。

四方形的秃头顶朝向门口的方向，正前方的董事长级别办公桌上摊了好几份报纸，万代屋的董事长万铁壁趴在桌上看着报纸。他每天都要在阅读完所有的体育报之后才开始工作。虽然不确定是真是假，但听说董事长以前是职业拳击手，在挑战世界冠军时被打得落花流水，当时的冲击导致头部变形。既然是这么厉害的选手，为什么不开一家拳击健身房？

“董事长，可以打扰一下吗？”我对着秃头顶问道。虽然没有响应，但我还是继续说了下去：“昨天的《小旅行》出外景，我事先并不知道是当天来回，导播市川先生说：‘事先请示过铁壁先生。’”

《小旅行》是我手上唯一的常态性节目。导播市川先生、摄影师安藤先生、助理导播奥村、发型师小光、造型师实美和我组成的工作团队就像是一家人，前往日本各地出外景。曙光电视台的全国网每周六早茶时间播出这个清新的旅游节目。虽然节目的预算很低，却奇迹似的持续了五年。

“……”

“去黑石的时候，也因为行程排得太满，所以无法多跑几家蘸酱炒面的店。难得有这么好吃的蘸酱炒面，竟然要在五分钟内吃完，舌头恐怕都会被烫到。不过，我还是全都吃完了，连蘸酱也都喝光了。”

“……”

“行程一直赶，一直赶，最后无法去原本行程中安排的弘前餐厅，但我还是买了‘奇迹的苹果米果’，超好吃的。”

董事长默不作声地用力靠在合成皮革的椅子上，用很不耐烦的语气问：“你到底想说什么？是在抱怨，还是在表达感想？到底是哪一个？”

“两者都是。”我老实回答。

“我听起来觉得像是‘有机会去那里，真是太好了’。”

“也没错啦。”

“所以既不是抱怨，也不是表达感想，而是表达感谢。”

我差一点想点头，但幸好及时停了下来。

“不是，我只是觉得做这个节目越来越吃力了。我年纪不小了，自我介绍时竟然还要像偶像时代那样，用奇怪的方式把自己的名字简称为‘欢迎回来’小姐这个昵称，而且还要装年轻说什么‘丘惠理佳，超想知道’，这实在有点难以启齿。”

“那你要改回本名吗？你的本名叫什么？”

“冈林惠理子[①]。”

“所以简称还是‘欢迎回来’嘛。”

听到董事长这么说，我忍不住扑哧笑了出来。

董事长从抽屉里拿出压扁的烟盒，叼了一支后点了火。

“我不想吸二手烟。”因为很生气，所以我故意这么说。

---

① 日文中“冈”与“丘”的发音相同。——译者注

董事长把椅子一转，对着墙壁吐了一大口气，背对着我叫了一声：“惠理佳。”

“是。”

“你到底有没有搞清楚状况？如果无法和曙光电视台合作，我们公司就要关门大吉了。”

“……”

“你身为艺人的风光时期早就结束了。十八九岁时还有点行情，之后一直表现平平。如果只有你是这种情况也就罢了，但我们公司的所有艺人没有一个红起来的，真搞不懂是怎么回事。除了你以外，其他人都很快回老家，听说都打着‘曾经在东京当偶像’的旗号，嫁给了当地的名人，只有你还继续留在这里。多亏我铆足力气帮你争取到曙光电视台策划的旅游节目当主持人。”

“……”

“话说回来，也多亏你主持那个节目，所以我们公司还能勉强挤在这个行业里。否则你现在早就被送回老家了。只靠《小旅行》这个节目就可以勉强养活我们公司三个人，说起来也是一件了不起的事。”

“呃，对不起，”董事长对着墙壁滔滔不绝，我打断了他的话，“你到底想说什么？是在贬我，还是捧我？到底是哪一个？”

“两者都是。”董事长没有回头，对着墙壁说道。

“但我听起来像是在称赞‘惠理佳太了不起了’。”

“你白痴啊！”董事长用力把椅子转了过来，瞪着眼睛破口大骂，“别得意忘形了！我是在说，你只有这一个常态性节目，要好好珍惜！不要为是不是当天来回这种事抱怨，要怀着感恩的心工作！否则你就会马上被送回老家！”

我像乌龟一样缩着脖子，听着他训话。董事长把烟在烟灰缸里按熄后，抬起头，闭上了眼睛，重重地叹了一口气。我慢慢从龟壳中伸出头，挤出很柔弱的声音说："对不起，不管是不是当天来回，我都不会再有怨言。"

"嗯。"董事长仍然抬着头，"我想到了，该怎么说，我突然灵光乍现。"

"啊？什么？"

董事长有时候会突如其来想到一些很震撼的点子，公司能够持续至今，就是因为董事长这些突发奇想的点子在各种紧要关头受到了好评。

去年，他派前偶像去"枕腿掏耳沙龙"的策划很受欢迎，但公司只有我一个艺人而已，如果我去做为人掏耳的工作，曙光电视台一定会马上抗议，所以就派了其他经纪公司的前偶像，然后从中赚点佣金。诸如此类，不一而足，公司才得以生存至今。

"我想到了你的新艺名。"

哇噢，超震撼的一拳要挥过来了。我忍不住学董事长不时做的动作，摆出准备迎战的姿势。董事长睁开眼睛，用深沉的声音说："比嘉惠理佳，简称'比嘉惠理'，读起来刚好和'当天回来'同音。"

我差点一拳打向他的秃头。

我的故乡是北海道有人居住的岛屿中最北端的小岛——礼文岛。

我家位于最北端的须古顿岬附近俗称"无名丘"的地方，强风一吹，整栋房子都会跟着颤抖。当渔夫的父亲、在昆布加工厂打工的祖母和母亲，还有我和比我小两岁的弟弟惠太，我们一家五口在这栋小房子内相依为命。

礼文岛以盛产海胆而闻名，海胆是岛上为数不多的特产品，但是我们姐弟一年之中，只有在彼此生日的时候，才能吃到这种入口即化的甘甜海胆。也就是说，一年只能吃两次。我们就是这样平凡的一家人。

忘了从什么时候开始，我有一个梦想，希望可以离开这座小岛，就像海鸟一样，或像海豹一样，尽可能去遥远的地方。

岛内能够走动的空间很有限，而且速度慢得让人想要打呵欠。小岛上既没有电车，也没有高速公路。

小时候，我每次看到海鸟飞翔，都忍不住想象它从多远的地方飞来；只要看到海豹，就想象着它不知道从多远的地方，随着潮流游来这里，然后觉得既不是海鸟也不是海豹的自己很无趣。

小岛上的生活很简单，几乎所有的岛民彼此都认识，从来没有离开过岛上的我，当然不知道这样的生活其实很自在。

岛外的世界有多大？我总是站在海岬和码头上想这个问题。

“爸爸，大海有多大？”看到父亲打鱼回来，我和弟弟争先恐后地抱着他的后背问道。

岛上的渔夫个性都很豪爽热情，很少有人像父亲那么温和。父亲的后背很宽，有海水的味道。抱着父亲的后背，我感觉自己就像紧紧巴着岩石的海星。

父亲用粗糙厚实的大手摸着我的头回答：“大海大到无法想象。爸爸当了十几年渔夫，还没有看遍所有的海。”

“要去大海的对岸很难吗？爸爸，你有没有去过？”

“这个噢，”父亲抓了抓鼻翼说，“无论开多久的船，都无法到对岸，所以爸爸已经放弃，不想再去对岸了。”

“嗯，为什么？”

“因为这里比较好啊。这里有奶奶，有妈妈，还有你们。”

父亲又对我说：“不过，你不妨以去大海的对岸为目标。总有一天，你会越过这片辽阔的大海。”

父亲的这句话让还是孩子的我内心涌起一种奇妙的心情，我既感到有点害怕，又忍不住兴奋。

“大海的对岸”的世界，那到底是怎样的世界？

无论如何，都是想要去看看的世界。但是，一旦去了，好像就再也回不来了。

十五岁那一年的春天，我进入了岛上唯一的高中——花礼高中，成为一个会看杂志研究时尚，对电视上看到的东京迪士尼和原宿充满憧憬的普通女高中生。

父亲之前说，总有一天，我会去“大海的对岸”。那一天越来越近了。预定在高中二年级秋天举行的修学旅行就是去东京。

从最近的镇上到稚内要搭两小时轮渡，从稚内到札幌还要搭五小时的电车。对从来没有离开过最北方小岛一步的高中生来说，东京简直就像是外国。不光是我，对花礼高中所有的学生来说，东京都是这样的地方，有生以来第一次出远门，心情不可能不雀跃。

而且，那次的修学旅行还安排了和东京的高中生举办交流会，在修学旅行之前，先在二年级学生中选出一名“礼文岛代言人”，被选为礼文岛代言人的学生要在交流会上介绍礼文岛。听说之前有一个东京的男生对获选为代言人的女生一见钟情，两人鱼雁往返了一阵子（当时的手机还没有电子邮件功能），女生毕业后去了东京读大学，和那个男生交往后步上了红毯。

我相信了这个毫无根据的传闻，暗自希望可以成为这个岛的代言人。虽然淡淡的初恋不可能结婚，但我没有正式和男生交往过，如果能够和在东京的帅气男生通信，这将是多么美好的事。

所以，当我成功获选为代言人时，高兴得简直就像在“偶像甄选会”上得到了冠军，仿佛看到郁郁苍苍的大地上出现了一条笔直的大路，这条路当然通向我陌生的东京。

家人没有察觉我内心“邪恶”的念头，为我成为礼文岛代言人感到高兴。

“惠理子是岛上最可爱的女孩，在东京也一定会成为瞩目的焦点。”祖母眯着眼睛说道。

“奶奶，你又这么说，真不知道奶奶眼中的惠理子到底有多可爱。”母亲虽然这么说，但也暗自感到高兴。

“姐姐，你不会去了东京后就不回来了吧？”惠太露出担心的眼神，其中夹杂着一丝羡慕和向往。

“姐姐当然会回来啊，因为这里是姐姐的家。”父亲笑着说。

在修学旅行的前一天，父亲把一个纸包塞到我手里说：“你自己去买点好吃的。”里面是一张折得整整齐齐的一万元新钞。

第二天早晨，家人送我出门。

“那我走了。”

我正准备挥手，祖母突然抓住我的手说：“要把岛上的优点告诉东京的人。礼文虽然是小岛，但就像是所有日本人的故乡，东京的人来这里，我们都想要对他们说：欢迎回来。”

“什么意思啊，”我笑了起来，“对第一次来的人说‘欢迎回来’，未免太奇怪了。”

祖母露出笑容，没有再说什么，只是用温暖的手默默地握住我的手。

家人站在无名丘上向我挥手。祖母、母亲和弟弟，只有一早出门打鱼的父亲不在。在晴朗的秋日天空下，他们一直向我挥手。

然后，我终于来到了东京。

迪士尼乐园和原宿都绽放着强烈的光芒，令我有点畏缩。令人惊讶的是，无论在原宿还是涩谷，我们花礼高中的女生——不，确切地说，只有我而已——都被不计其数的男人搭讪。

“你超正，从哪里来？”

“想不想当艺人？以你的姿色，马上就可以出道。”

“你的身材真好，当模特儿没问题。”

“给我十分钟就好，去喝杯咖啡吧……”

如果我来东京，应该很快就可以交到男朋友，而且好像还有机会进演艺圈。但是，我一点都没感到高兴，只是本能地感到害怕。

只要来东京，就可以像这样被男人捧在手心。这种想法更令我感到不安。

修学旅行的最后一天。我们去了港区[①]的一所分别有小学部、中学部和高中部的私立学校，我将在那里向大家发表演讲，完成礼文岛代言人的职责。

原本以为在许多学生和前来参观的当地人注视下，介绍位于遥远的北方、“大海的对岸”的礼文岛的优点是一件困难的事，没想到我竟然能够口齿清晰流利地向大家介绍我的家乡是多么美好。

① 港区：日本东京都有 23 个特别区，港区内外国大使馆林立，国际氛围浓厚。

冬天结束后，春天一下子苏醒的美景令人窒息；鲜花盛开的短暂夏天，和来自全国各地的赏花游客之间温暖的交流；像甜点般柔软甘甜的海胆、新鲜丰富的其他海鲜；在天空中飞舞的黑尾鸥和海鸥，还有从遥远的北方游来的海豹和海狮。

“有一次，我发现有人倒在路中央，”我说出了不轻易和他人分享的事，“‘叔叔，你没事吧？快醒醒！’我边喊边跑过去一看……竟然是一只海狮！”

教室内的人立刻笑开了。“太棒了！”我在心里做了胜利的手势，然后继续介绍了岛上的情况，最后演讲时间比原定时间超出了十分钟。在向往已久的东京说故乡的事真是太开心了。

渐渐接近尾声时，不知道为什么，我在说话时，泪水渐渐涌上眼眶。虽然才离开短短五天，但父亲、母亲、祖母和惠太的脸都让我觉得好怀念，我无比想念岛上的一切。

“我们的故乡，”当我在说结语时，声音忍不住颤抖，我努力忍住了泪水，继续说下去，“我们的故乡礼文是一个美丽的岛屿，只要你们来一次，就一定可以亲身体会到，你们一定会觉得那里就像是自己的故乡。岛上的居民都觉得，即使是第一次来岛上的人，也很想对他们说：欢迎回来。”

“欢迎来到礼文，欢迎回来。”

当我说完这句结语时，强忍的泪水终于流了下来。教室内响起如雷的掌声。我擦着那一行泪水，抬起头，面带笑容地鞠了一躬：“谢谢大家。”

就在这时，我听到坐在最前排的几个头发染成浅色的女生窃笑起来。

“好土，真是土老帽儿。”

我立刻火冒三丈，只是没有勇气反唇相讥。

“还生气哩，白痴啊。”

“赶快滚回乡下去，丑八怪。”

“海狮。”

她们故意大声说我的坏话，我握紧双拳。生活在岛上时，从来没有任何值得生气的事，但继续站在这里，我可能会有生以来第一次抓狂……

“呃，我有一个问题。”

站在教室后方的参观者中，有一个人举起了手，那只手臂肌肉很结实。接着，一个大叔拨开人群走到前排。看到他四方形的秃头，我睁大了眼睛。

“你们学校的学生都很会玩牌吗？”

“啊？”听到他无厘头的问题，我发出的声音好像是从头顶蹿出来的，“玩牌……你是说扑克牌吗？”

“不是不是，不是扑克牌，”四方形秃头大叔看起来很开心，“是日本传统的牌——花牌。”

“花牌……”

“因为你们学校叫这个名字，所以我以为大家都很会玩。”

他似乎把“花礼”和“花牌”搞错了[①]，教室内再度响起哄堂笑声。我不禁松了一口气。在我快要和那几个说坏话的女生杠上时，那个奇怪的大叔向我伸出援手。原来东京也有好人。

演讲结束后的交流会上，那个奇怪的大叔嘴里说着“啊哟啊哟，刚才真是不好意思”，向我走了过来，露出满面笑容说：“你的眼泪

① “花礼”在日文中是“花礼”，“花牌”的日文是“花札”。——译者注

很不错，流眼泪之后的笑容像彩虹一样。”

我用力眨着眼睛，看着眼前的大叔，然后问他：“叔叔，你是这个学校的学生家长吗？”

“我吗？我女儿以前是这个小学……”说到这里，他突然改了口，“不是啦，我住在学校附近，我稍微捐了点钱，协助举办这场交流会，所以他们邀请我来参加。虽然我原本不想来，没想到意外挖到了宝。”

他露齿一笑，我发现他少了一颗门牙。当我一脸错愕地看着他时，他悄悄把名片塞进我手里。名片上写着“演艺经纪公司　万代屋　万铁壁（前拳击手　现任董事长）”。看到他非常男性化的名字和奇怪的头衔，我忍不住笑了起来。

铁壁董事长见状，嘀咕“很好，很好”，然后直视我的双眼说：“你想不想来东京？”

“啊？”我微微张开了嘴。

铁壁董事长看着我的表情，继续说道：“如果你来东京，记得和我联络。我会好好栽培你，挖掘你的潜力。你具有给人带来欢乐、喜悦的潜力，我太了解了。”

我眨着眼睛看着他：“潜力……拳击手的潜力吗？”

哇哈哈哈。他立刻发出豪爽的笑声。

“不错，你真的很不错，真不错，太不错了。就是要这样，就是要这样。”

看到他开心的样子，我也忍不住跟着笑了起来。

“看吧，”他笑着说，“你的笑容太赞了，流了眼泪、惊讶之后的笑容，真是没话说。”

然后，他轻轻拍了拍我的肩膀说：“大家应该都希望看到你露出这样的笑容，听你说‘欢迎回来’。”

回想起来，那句话改变了我的人生。当然，那时候我做梦都没有想到，自己会把命运交到这个奇怪的大叔手上。

《小旅行·青森黑石篇》播出的翌周，铁壁董事长和我一起被叫去曙光电视台。

虽然因为节目的关系，每个月都要去电视台开好几次会，但我目前没有经纪人，所以每次都是单独前往。有特殊状况时，才会请董事长一起出席。所谓特殊情况，可能是删减预算；或是少了一家赞助厂商，所以要降低酬劳；或是有观众投诉。总之，每次找董事长一起出席，就绝对不是什么好事。所以，昨天听到助理导播说“明天请铁壁先生一起来开会”时，我的胃就揪成一团。

“怎么了？你的身体都弯成C形了，肠胃不舒服吗？”

我们约在新桥车站，然后搭百合海鸥号前往电视台。我始终低着头，董事长终于发现了。

“嗯，是啊，胃……有点不舒服。”

“我看你是吃太多了吧。《小旅行》去各地旅行，整天都吃美食，真是太让人羡慕了。”他一派轻松地说道。

其实他心里也很清楚，今天去电视台绝对不会是什么好消息。我才羡慕他神经这么大条呢。

来到曙光电视台像要塞般的大楼里，在柜台领了通行证后走向电梯。电梯的门一打开，两个男人立刻冲了出来，撞到了董事长的肩膀。对方没有道歉，就准备离开，董事长叫住了他们：“喂！”

一个戴着粉红色墨镜的男人转过头。

“啊！”我忍不住叫了起来。原来是庆田盛元，他曾经是万代屋旗下的演员。

“阿元！”我情不自禁娇声叫道，然后慌忙捂住了嘴巴。

董事长用力瞪着阿元：“撞到我也不打声招呼，也太过分了吧，阿元。”

“原来是铁壁董事长，恕我失礼了，因为我在赶时间，对不起。”阿元急忙恭敬地鞠了一躬。

“哼！”董事长用鼻孔喷气，打量着阿元。

“你看起来混得很不错嘛，全身都是 LV 吗？”

“不，是 Gucci。”阿元一脸轻松地笑着说道。

“应该是常磐线[①]帮你从头买到脚吧。恭喜啊。”

阿元目前所属的大型经纪公司——优势的董事长常盘千一，铁壁董事长总是充满恶意地叫他“常磐线”。在经济高速成长时期，他们都曾经在业界最大的演艺经纪公司——米泽当经纪人，之后分别自立门户。铁壁董事长把常盘千一视为他在业界“唯一且最大的竞争对手”，总是燃烧起熊熊的斗志；但对方公司是人人皆知、业界最厉害的经纪公司，我们公司是旗下只有一个艺人的超小经纪公司。

阿元是冲绳波照间岛人，董事长挖掘了他，用心栽培他，把他视为万代屋期待的明星。“只要看他一眼，心就被他掳走了。”董事长对他赞不绝口，结果我的心也被他掳走了。可以说我来自日本最北端，他来自最南端，两个人很快就情投意合，瞒着董事长开始交往。当时我二十岁，阿元十九岁，但交往不到一年就分手了。董事长和娱乐记

① 常磐线：铁路线名称。——编者注

者都不知道这件事。

之后，我的演艺生涯一路走下坡，阿元却越来越红。当他成为万代屋的摇钱树时，立刻被优势挖角。董事长暴跳如雷，涨红的脸就像煮熟的章鱼，但阿元一派轻松地回答："我希望在这个行业中继续往上走，为此，就必须去更大的经纪公司。我相信铁壁董事长最清楚这一点。"

"惠理，好久不见。"

阿元瞥了我一眼。那是我们以前交往时他称呼我的方式。我不由得心跳加速，对他露出微笑。

"好久不见，我看了上周曙光电视的特别节目。"

阿元在特别节目组，和同一家经纪公司的超人气写真女星莉莉安一起去塔希提出外景，两个人在上个星期才公布"正在稳定交往"。在节目播放前炒这个话题，显然是为了提升收视率。

"谢啦，我有时候也会看《微旅行》，有时候打开电视，刚好就在播那个节目。"

不是《微旅行》，而是《小旅行》。虽然我这么想，但无法开口纠正他。

《小旅行》每周六上午九点半到九点五十五分播出，属于打开电视时随便看看的节目，收视率虽然不高，却算是长寿节目。

"你不要整天只顾着出风头，学学惠理佳，接一些脚踏实地的工作。"董事长对阿元说道，分不清他是真的这么想，还是有点恼羞成怒。

"是啊。"阿元轻描淡写地回答。

"铁壁先生，不好意思，我们还要赶下一个行程。"阿元的经纪人从后方插嘴说道。

“啊，不好意思，耽误你们时间了。不对，是你撞到我的啊。”董事长做出拳击的姿势，用拳头轻轻捶向阿元的肩膀。

“哇，被打成重伤了，要三个月才能痊愈。”阿元夸张地摇晃了一下。

“你有病啊。”董事长笑了起来，“偶尔也来走动一下，我请你吃‘一点晴’的拉面。”

“谢谢，改天去找你。”

阿元再度瞥了我一眼，匆匆离开了。

曙光电视台编辑部第三会议室。灯光调暗的室内充满凝重的气氛。

大型电视屏幕的画面在我把筷子送进嘴里的脸部特写处停止，所有与会者都一脸阴郁地注视着屏幕。

“刚才的地方再播一次。”曙光电视台的制作人藤岛先生低声发出指示。

DVD 倒带三秒后，再度播放了影片。

“啊，好烫，我都流汗了，但真的太好吃了。蘸酱中也可以吃到江福酱汁的味道，太过瘾了。提味的关键应该就是江福酱汁吧。”

“停。”

随着哔的一声，画面停在我把筷子放进嘴里的那个镜头。

“再放一次酱汁的地方。”

倒带后，又回放了相同的画面。“提味的关键应该就是江福酱汁吧。”

“够了，把灯打开。”

电灯啪的一声打开了，所有人都屏住了呼吸。

藤岛先生仍然一脸阴郁地看着我问：“我说惠理佳啊，你到底是说什么，酱汁的地方？”

“‘江户酱汁’啊！刚才听了好几次，都是说‘江户酱汁’啊！”我情绪激动，声音也很激动。

身旁的董事长皱着眉头向我使眼色，似乎示意我不要激动。

随着哔的一声，屏幕上再度开始播放 DVD。“提味的关键应该就是江福酱汁吧。”

“江福酱汁。”藤岛先生喃喃说着，他闭着眼睛，似乎在冥想。

“是‘江户酱汁’！”我忍不住用力拍着桌子。

“你不要激动。”董事长说。

所有人都叹着气。

“无论如何，这个节目已经播出了。”

推了推眼镜后插嘴的是大型广告公司——番通的营业课长德田先生。他是《小旅行》节目的赞助厂商负责人，曾力挽节目开播以来赞助厂商不断减少的狂澜，是对节目的存亡发挥关键作用的人物。每次开会时，只要他开口，就让人不寒而栗。

“无论真相如何，丘小姐这次的发言，让赞助厂商江户酱汁大动肝火，抗议‘为什么连续提到昭和元年（1926 年）创立以来的竞争对手江福酱汁的名字？’”

没错，目前《小旅行》的赞助厂商只有生产伍斯特酱的老牌企业江户酱汁这一家公司。经济不景气，赞助厂商纷纷退出，江户酱汁以“让观众在星期六看了《小旅行》之后，午餐想吃炒面”为口号，继续支持这个节目。在今年四月的播出期间，我们就一直听到风声，“一旦江户酱汁退出，节目就要喊停”，所以厂商表达继续赞助的意愿，简直就像是上帝的声音。正因为这个原因，在做这一集蘸酱“炒面胜地黑石”时，所有人都全力以赴，希望有很多观众都能够在星期六中午吃炒面。正因为如此，我也铆足劲儿做植入式营销，在节目中多次提到“提味的关键应该就是江户酱汁吧”这句话。

唉，没想到，竟然发生了令人难以置信的事。

节目播出后，工作人员接观众的来电接到手软。

“黑石的蘸酱炒面用的是江福酱汁吗？”

“江户酱汁不是赞助厂商吗？为什么帮江福酱汁打广告？”

“听说欢迎回来小姐是北海道人，果然最先推荐北海道出产的江福酱汁。”

“听说竞争对手的江福酱汁这五天的销售量比去年同期增加了百分之三。”德田先生面无表情地说道。

“没想到有这么多人看这个节目。”藤岛先生插嘴说道。

所有人都重重地叹了一口气。

“我已经尽了最大的努力善后……”德田先生没有表情的脸转向藤岛先生。

藤岛先生点了点头，向董事长和我宣布：“所以，非常遗憾，目前决定这一集成为本节目的最后一次播出。”

一阵冲击，好像有人用拳头敲我的脑袋。我的脑子一片空白。

“最后一次……”董事长好像被人击了一记上钩拳，仰天发出呻吟。

会议室内鸦雀无声。

“这是个好节目，但也无可奈何，惠理佳，下次好好加油。”过了一会儿，藤岛先生突然很有精神地说道。

这句听起来言不由衷的话在我空荡的脑袋里嗡嗡作响。

参加会议的人默不作声地一个又一个离开，只有《小旅行》的导播市川先生一脸沉痛地走到我们面前。

“铁壁先生,小丘,很对不起,事情就是这样。”他深深地鞠了一躬。

“这次的事，是我的判断失误。因为我在现场时，听到小丘说‘虽然脚本上没有这句话，但我想要表达对江户酱汁的感谢’，所以才没有剪掉这一段。如果按照脚本走，就不会发生这种情况了……真的很对不起。”

我说不出话，只能低头咬紧牙关。在一旁沉默不语的董事长小声地说：“阿市，谢谢你帮了这么多忙，太感谢了。”他比市川先生更深地鞠了一躬。

市川先生慌忙用双手按住董事长的肩膀：“铁壁先生别这样。被天下无敌的铁壁先生鞠躬，我不知道该怎么办……”

“千言万语，也无法表达我对你的感谢。你愿意起用已经过气的惠理佳，在公司即将倒闭之际拯救了我们，托你的福，我们才能撑到今天。”董事长仍然鞠着躬说完后，又自虐地说，“可惜已经没有明天了。”

市川先生忍不住苦笑起来。

“你在说什么啊，没事的。铁壁先生，你不是从地狱爬上来的硬汉吗？无论是和优势的常盘先生较劲时，或是你太太和女儿发生事情的时候……”说到这里，他突然含糊起来，“啊哟哟……总之，事情就是这样。虽然暂时可能得把皮绷紧点，但日后还会推出很适合小丘的策划，让我有机会补偿。小丘，没问题吧？”

不能哭。三十多岁的女人流眼泪一点都不可爱。

“是啊，谢谢你。”我勉强挤出笑容。

市川先生脸上的表情也放松了。“我接下来还有事，我会去赤坂找你们，一起去吃一点晴的拉面。”

市川先生离开后，会议室内只剩下董事长和我两个人。空荡荡的会议室内只听到空调发出空虚的声音。董事长垂头丧气地坐在椅子上。

“董事长……我……”我战战兢兢地开了口。道歉和辩解的话在脑中打转，我找不到适当的话语。

“你接下来有什么打算，要回老家吗？”不一会儿，我听到董事长无力地问。

强忍住的泪水再度涌上眼眶。

我完全没有任何工作了。明天之后，就没有收入来源了。如果领不到薪水，就无法支付事务所的房租。没有工作的艺人死巴着公司不放，只会造成公司的困扰。

以前也曾经走投无路，董事长不止一次问我“你打算回老家吗？”但每次我都回答相同的话。

“不，我不回去……我回不去！”我抬起头，斩钉截铁地回答。

董事长嘴角露出笑意。

“回不去吗？”

我紧抿着嘴唇点了点头，泪水竟然流了下来。我不想让别人看到我流泪，所以低下了头。

“……我也是。”

他难得用这么平静的语气说话。我悄悄抬起眼，董事长露出温柔的眼神，就好像第一次见到他，他注视我时那充满包容的眼神。

“我也回不去了，这辈子都回不去老家了……因为我已经变成一个狡猾的大人，太无趣了。”

所以，无论发生任何事，都要在这里坚持下去。

这句话掉进我的内心深处，慢慢地渗进心里。我擦了擦眼泪，抬起了头。

“好了，”董事长猛然站了起来，“那就走吧。去一点晴为自己加油。”

“好，”我立刻回答，“我要大碗的葱花味噌拉面。”

“真受不了你，还真不懂得客气。”董事长很受不了地说。

我和董事长在电视台车站等百合海鸥号。

突然有人走过来说：“请问……”不知道是不是观光客，一个看起来像在旅行的大婶双眼发亮地看着我问：“请问是欢迎回来小姐吗？《小旅行》我每集都看，可不可以请你和我握手？”

我吓了一跳，立刻露出笑容，伸出手说：“谢谢。”

中年女人握着我的手，用力上下摇晃着。

另外两个看起来像是同行旅伴的大婶也伸出手说：“我也要握手。”

我和所有人握了手。

“上一集是介绍黑石吧？下次要去哪里？”最先向我打招呼的大婶问。

“不太清楚。”我回答说。

“我很期待，请多保重，祝你旅途愉快。”

“祝你旅途愉快。”

百合海鸥号进站了。那几个大婶站在月台上一直向我挥手，直到我们的电车消失为止。

“董事长。”我好像自言自语般叫了一声，注视着窗外风景的四方形秃头转了过来。

“我很难过……如果再也无法旅行的话。”我说出了真心话。

董事长用鼻子笑了一声：“别担心，我会想办法。”

“真的吗？”

“对，是真的。”

“那我还可以去旅行吗？”我双眼发亮地注视着董事长。

董事长又笑了笑说：“可以，去吧，然后记得回来。”

2

拜启：

初次提笔写信，我是每次都带着愉快的心情收看星期六上午《小旅行》节目的观众。

欢迎回来小姐在日本各地旅行，用温馨的方式介绍各地的风景。旁白充满人情味，不时装傻的样子也很可爱。每次在看节目时，都觉得自己好像跟着女儿，我们母女两人一起去旅行。

日前播出的《小旅行·青森黑石篇》那一集中，你一边怕烫，一边吃着黑石名产蘸酱炒面的样子太令人愉快了，蘸酱炒面看起来也很好吃，觉得自己好像和你一起说着“真好吃”，吃着热腾腾的炒面。

今天我像往常一样坐在电视前，等待《小旅行》的播出，没想到是完全不同的节目。我以为自己搞错频道，或是记错时间了，立刻打开报纸的电视节目表，发现上面竟然写着“新节目《美食大震撼》”。

节目停播了吗？我太惊讶了，立刻打电话到曙光电视台，听电话中的人说，《小旅行》这个节目上周是最后一期……

除了遗憾以外，我更感到担心。

欢迎回来小姐每次都精神抖擞地四处旅行，难道身体出了状况？还是因为某些特别的原因遭到撤换……总之，我像妈妈在为女儿担心，立刻动手写了这封信。

我知道任何长寿节目都有结束的一天，如果节目因为电视台的安排而结束，身为一名观众，只能接受这样的结果。

但是我仍然忍不住为欢迎回来小姐感到担心，希望你平安健康，以后也继续旅行，也希望有机会在其他节目看到你。如果上电视有困难，或许在报纸杂志上，可以看到你活跃的身影也不错。

希望你能够代替像我这样必须靠轮椅生活，即使想要出门旅行，也无法如愿的人，前往充满怀念的故乡，走进美丽的风景中。

衷心为你的健康和幸福祈祷。

致丘惠理佳小姐！

丰田清子敬上

“赤坂，赤坂到了，要下车的乘客，请注意月台间隙。”我隐约听到了到站的广播声。

“啊！”我轻轻叫了一声，抓起放在腿上的信，勉强从即将关上的电车门缝中滑了出去。

呼，差一点就坐过站了。两个星期没来公司，我是不是反应变迟钝了？我要赶快去事务所。今天要和铁壁董事长讨论重要的事，我不能迟到一分钟。严格遵守时间是艺人的头等大事，无论遇到任何事，都要坚强开朗，有精神，即使没有工作，也要抬头挺胸，昂首阔步。

“……所以，你把装了所有财产的皮包忘在座位上了吗？”铁壁董事长靠在董事长办公室内“老板级”的合成皮革椅子上叹着气。

“对，就是这么一回事。”我豁出去了，干脆开始自我辩解，“因为我正在专心拜读必须铭记在心的粉丝来信。深深感到有这样的观众支持，我真是太幸福了，结果差一点坐过站……因为我两个星期没来公司，心情太激动了。”

“什么心情太激动了，你只是太慌乱而已。”董事长发自内心地感到无奈。

“没有人送来，地铁的失物招领处也没有。”望乃从敞开的门探头进来，难掩兴奋地说。

我每次发生状况，她就会幸灾乐祸。难道这只是我的错觉？

“怎么办？要不要打电话报警？”

“好，就这么办。”董事长对着望乃泛着红晕的圆脸说完后，又对已经失魂落魄的我说，“你也赶快去打电话。”

“打给丰田清子女士吗？”我说出了在地铁中熟读的那封信的寄件人名字。

“笨蛋！当然是打电话给信用卡公司和银行啊。”董事长不假思索地破口大骂，“你从这个月开始完全没有收入！如果户头里的钱被人领走，你就只能等着饿死！你现在有时间为粉丝的来信陷入感动吗！”

丰田清子女士的信放在董事长那张很有老板风格的大型办公桌上，他那只像坐垫一样的手在桌上用力一拍，我走出了董事长办公室，感觉像是被他拍桌子的风压弹出来的一样。

望乃正在打电话报警。她用左手把听筒压在圆脸上，右手的手指绕着电话线，正在向警方说明情况。

“这里是演艺经纪公司万代屋，我们公司旗下的艺人把一个过时的LV皮包忘在地铁上了，里面装了她所有的财产，可能被人拿走了。噢，她的本名叫冈林惠理子……”

“艺名吗？”

“不是不是，即使我说了，你一定也不知道她是谁。不不不，不是那种有机会出现在体育报娱乐版上的大明星啦，呵呵呵。”

她为什么这么高兴？我暗想道，在望乃旁的灰色办公桌前坐了下来。这里曾经是我以前的经纪人飞山先生的座位，必须包办从拉业务到打扫厕所的繁杂工作让他无力招架，在他两年前辞职之后，这张办公桌就被我占据了。虽然董事长整天说“艺人在事务所很伤脑筋”，但除了《小旅行》出外景以外，我都坐在这个座位上，用相当老旧的大型计算机搜集下一次外景地的相关信息。

我在网络上查询信用卡公司和银行的挂失电话，虽然我遗失了所有财产，但其实金额并不高。皮夹里有三千元，银行账户的余额也不到五万元。这一年都没有用过信用卡。我正值春风得意的三十多岁，而且还是艺人，但为什么这么穷？

望乃在一旁挂上了电话，把灰色办公椅一转：“惠理佳，你考不考虑脱？”

我整个人往前一晃，头差一点撞到计算机屏幕：“为……为什么突然这么问？”

“你倒是想一想目前的窘境，完全没有工作，完全没有。《小旅行》一集的酬劳是三十万元，一个月四集，就是一百二十万，年收入一千四百四十万。扣除经纪费和税金就所剩不多了，虽然你我的薪水很少……但总算多少有点。”

她打量着我的全身：“虽然和我年轻时相比，你太营养不良了，尤其是这里。”她托住自己丰满的胸部摇晃着。

“我以胸部为中心都营养失调，即使脱了，也不会有人产生情欲。望乃姐，我看你倒是可以一试。”我心有不甘地反驳道。

“啊哟，我吗？毕竟年纪太大了，我脱的话会太震撼，以前不管别人怎么求我，我都守住最后一道防线坚持不脱。现在脱了，造成的震撼不亚于吉永小百合拍裸照吧。”

她竟然扯上和自己同年的超级女明星。前性感偶像对肉体的自尊心比别人的强一倍。

“比方说，‘冷清的温泉旅馆，欢迎回来小姐脱光光’，这种广告挂在电车上绝对吸睛。现在还有机会，因为《小旅行》还有一些残余的知名度，等明年你就完全没市场了。”

内线电话响了。

“喂？”我立刻接起电话。

“电话打完了吗？”电话中传来董事长的声音。

“是，我正要打。”

“搞什么？怎么还没打？有人正在提领你户头里所剩不多的钱，赶快做完该做的事，然后来找我。”

我终于打电话通知了信用卡公司和银行，然后去董事长办公室。铁壁董事长好像油豆腐般的手拿着丰田清子女士的信，然后把摊开的信递给站在办公桌前的我。

“惠理佳，你想不想脱？”董事长也突然开口这么问我。

我从头顶发出“啊？”的声音：“要脱吗？我吗？”

“对啊，‘三十多岁的前偶像欢迎回来小姐脱了！’不是不错吗？”

他把一沓资料丢了过来，封面上写着“万代屋经纪公司　丘惠理佳写真集策划书　（株）IRO策划”。我没有伸手拿，从斜上方凝视着。

“在这个行业，一旦艺人陷入瓶颈，立刻会有一群鬣狗扑上来。

只要艺人不算太老，有点姿色，那些人就想扒光艺人捞一票。”

“那为什么不扒光很年轻、很有姿色的艺人？”我很生气地问。

“因为不合成本。”董事长很干脆地回答我。

虽然他的回答令人泄气，但因为太生气，我故意很神气地说：“但我完全没胸部啊，和三夹板差不多。”

“也不至于那么平啦，你这种情况，通常称为‘搓衣板’。”

还不是一样！

“无论我怎么四处打点，《小旅行》这个节目喊停的消息已经传开了。现在你还有一点知名度，既然要脱，当然要趁还新鲜的时候，明年就没有机会了。”

他竟然和望乃说类似的话，简直就像事先商量好似的。连续被两个人游说，我的决心也有点动摇。

“我……明年真的没机会了吗？”我忍不住用泄气的声音问。

铁壁董事长紧闭双唇，然后有点心灰意冷地说：“不光是你，还有望乃和我也没机会了。”

他的声音带着叹息。董事长背后书架上有一个漂亮的金色座钟，过度装饰的座钟，简直就像是从凡尔赛宫带出来的，董事长很珍惜这个座钟。那是万代屋全盛时期，我的前男友阿元获得日本电影金像奖新人奖时的“正奖”。他当时说：“这个奖不属于我，应该属于铁壁董事长。”他把这个座钟送给了董事长，在我面前却说：“那个座钟超丑的。”

我偷偷深呼吸，不让董事长察觉。闭上眼睛三秒钟，然后毅然地说：“好，那我脱。”

铁壁董事长瞪大了眼睛，完全就是目瞪口呆的表情。“你……是说真的？为了我们吗？为了经纪公司能够继续撑下去而下的决心吗？”

他那双带着血丝的眼睛一眨也不眨地看着我，因为他的表情太滑稽了，我差一点就笑出来。

“……搞什么？你是不是想笑？可笑吗？”

我以为自己忍住了，没想到被他发现了，我立刻笑了出来。一旦笑出来后，就无法再停下来。

因为我笑个不停，董事长也跟着笑了起来。

我用指尖擦拭着眼角的泪水，发自内心地说：“啊，真是笑够了，太畅快了。”

“所以，要什么时候拍？”我终于恢复平静后问道。

董事长翻着策划书回答说：“只要你做好心理准备，随时都可以。”

“明天也可以啊。”我立刻回答。

“搞什么啊，你也太干脆了。”

他似乎有点失望，我再度觉得好笑。

“拍摄地点在哪里？”

“有好几个候选的地点。呃……‘第一，冷清的温泉旅馆。第二，海边的民宿。第三，草莓农户的温室。’……”他念到这里，啪的一声，再度把策划书丢在桌上。

“哼，我知道他们在想什么，反正就是不愿花钱租场地，要去夏威夷或塔希提才行啊。”

我完全不在意。因为这么一来，我又找到了旅行的理由。

“那个……酬劳是多少呢？”

虽然难以启齿，但我还是问了。很久以前曾经听望乃说，三十年前，一直游说望乃拍裸照的策划公司开出的价码是一千万，至于望乃有没有灌水就不得而知了。当时兼任望乃经纪人的铁壁董事长当下拒绝：“这种价码，连一只鞋子也不脱。”

如果有一千万，经纪公司绝对可以摆脱目前的困境。我屏息等待董事长的答案。

“既然你下了决心，我当然不能骗你。”董事长注视着我的双眼片刻，先说了这句开场白，“一百万。”

“啊？”我忍不住反问，“呃，是不是少了一个零？”

董事长没有吭气。我低下了头，感到自己突然脸红了。我觉得超丢脸。

这个世界并没有人愿意花一千万看一个年过三十的前偶像的裸照，我却搞不清楚状况，高估自己，以为自己可以拯救公司，真是不自量力了。

“笨蛋，这种价码，怎么可以让本公司重要的艺人去拍裸照。”董事长的声音中带着笑意，我悄悄抬起已经红到耳根的脸。

董事长拿起策划书，举到我视线的高度，然后撕纸的声音响起，转眼之间，他就把策划书撕成了碎片。

“才一百万，连一只鞋子也不脱。那些色胚前天来公司。”

我张大嘴巴，注视着他继续把策划书撕碎，然后发现自己的嘴角渐渐下垂。

“事情就是这样，我一开始就不打算接受，只是用来测试一下你的决心。”董事长借肩膀重重地叹了一口气，看着我的眼睛叫了一声，“惠理佳。”

“是。”我回答的声音不小心带着哭腔。

“你给我听好了，日后这种事会不断上门，可能也会有人直接去找你，但是，你千万不要忘记，即使节目停了，即使在业界受到冷落，欢迎回来小姐仍然是日本各地的丰田清子女士们心爱的女儿，如果你变成不知道哪里的男人的性幻想偶像，各地的妈妈们都会难过。”

差一点流出来的眼泪一下子缩了回去。“呃，董事长，不好意思……‘性幻想偶像’是什么？”

“嗯？啊，现在不叫‘性幻想偶像’，叫‘性幻想对象’吗？……我在说重要的事，你不要打岔！”他用力打了我额头一下。

“好痛！”我叫了一声，随即笑了起来。全天下应该只有我被前拳击选手打，还可以笑出来。

“你这家伙真搞不清楚状况，有没有听懂我说的话？”

“是，我完全了解了。”

董事长叹着气，似乎发自内心感到无可奈何，但也同时感到安心，然后再度看着我的眼睛说：“惠理佳，谢谢你。我会珍惜你的这份心意。”

他小心翼翼地折好办公桌上那封丰田清子女士的信，再度递到我面前：“总之，你没有把这封信忘记在电车上，真是太好了。这些观众是你人生的至宝。”

即使不用董事长提醒，我也这么认为，但听到他这么说，更是感慨良深。

即将从花礼高中毕业的初春季节。

十八岁的我和母亲面对面坐在神桌前。

母亲端正跪坐，看起来就像长方形的箱子。我也低头跪坐在母亲面前。

身旁是供奉祖先牌位的神桌，前方有一张盖着白布的小桌子，上面放着用白布包起来的盒子，父亲的骨灰装在里面。

“你不要回来噢。”母亲的声音沉重而感伤，“你不是已经和爸爸约定了？约定的事，就要坚持到底，在此之前，不要回这里。”

我想要点头，却无法把头点下去。我做好了心理准备，在完成和父亲的约定之前，不能轻易回到这个家。但如果现在点头，等于和母亲之间也有了约定。在演艺事业成功之前，绝对不能回到故乡。

当家人察觉父亲的身体出状况时，已经为时太晚了。父亲已是癌症末期，但他之前一直隐瞒身体的不适，继续出海打鱼。虽然去了町立医院检查，但已经无药可救了。为了接受末期癌症的护理，父亲必须去札幌。母亲拼命说服父亲，但父亲没有接受，他说：“我希望在岛上走完最后一段路。”

那时候，我刚完成重大的决定。我决定投靠万铁壁进入演艺圈。

在修学旅行前往东京回来之后，铁壁董事长经常写信给我。信的内容恳切动人。

“你来东京吧。你是含苞待放的花蕾，将会尽情绽放。我一定会让你的演艺事业开花结果。”

他除了写信给我以外，也写给我的父母：“请你们把女儿放心地交给我，我一定会让她成功，协助她衣锦还乡。”

虽然“衣锦还乡”这个词听起来老掉牙了，但这句话似乎打动了父母和祖母。我也渐渐开始认真思考这件事。

也许可以把自己的命运交给那个奇怪的大叔。

也许我可以比海鸟、海豹去更遥远的地方，也许这次真的能够在“大海的对岸”展翅高飞。

不久之后，父亲生病了，我终于下定决心。为了维持祖母、母亲和正在读高一的弟弟的生活，我要去东京，要进入万代屋，要成为艺人，衣锦还乡。

“爸爸，我要去东京当艺人。我要成名，然后回到这里。你可以等到那一天吧？”我在父亲的病榻前对他说。

父亲无力地笑了笑。“我早就知道，你有一天会离开这座岛，飞到‘大海的对岸’。

“惠理子，你要闯出一番成就，然后回到这里。

“那时候，爸爸应该已经不在了，但是，爸爸的灵魂会一直守着这个家，永远等着你回来。

“然后，爸爸会独自去天堂。”

铁壁董事长出现在告别式上，对着祭坛祭拜了很久，然后对母亲说：“我会负起责任，好好照顾你女儿，请你放心地把她交给我。”

在父亲满七之前，母亲把我叫到神桌前。我们母女两人面对面跪坐在父亲的骨灰前。

母亲叫我在开花结果前，绝对不要逃回家。因为这是我和亡父之间的约定。

我点了点头，用力点了一次头。一滴泪水落在腿上。

那之后，我一直没有回过故乡的岛屿。

曾经有过即将绽放的瞬间，但我告诉自己，还不够，再努力一下，要让花开得更大、更艳丽，就像家乡岛屿上盛开的鲜花，要在尽情绽放时再回到岛上。

我的开花之日到底在何时？也许再也不会开花了。

失去了常态性节目，被电视台冷冻，而且装了所有财产的皮包也遗失了。

蓓蕾还没有开花就枯萎、凋谢。这也许是我这朵花的命运。

装了我所有财产的LV皮包，是我踏入演艺圈时，铁壁董事长说“你要有一个名牌包”，然后买来送我的，却被我遗忘在地铁座位上，至今仍然下落不明。

失去所有财产也就罢了，但失去这个具有纪念意义的皮包令我懊恼不已，只不过我不能整天沮丧，必须赶快接到工作，才能让经纪公司继续生存，也让我继续生存下去。

我是不是永远都无法开花了？这个想法最近经常掠过我的脑海。

也许我无法完成和父母之间的约定，这辈子都无法回家了。

每次想到这里，我就立刻告诉自己，不行不行，这样可不行。现在还不能轻言放弃。于是，我就这样一直撑了下来。我这朵花很顽强。

因为拒绝了拍裸照，所以最近都跟着董事长一起去拜访他在各家电视台认识的导播，又去了负责为广告和连续剧挑选演员的制作公司，打听不管是连续剧、广告还是商演活动，是否需要喜欢旅行、美食和出外景，还算年轻，有点可爱，有一点知名度的艺人。铁壁董事长在这个行业混了四十年并不是白混的，认识的人并不少，只不过愿意听他推荐的不到五个人。

大部分导播和制作公司的接待人员都很客气地说：“如果有机会，真希望可以合作。”但是，这句话的重点在“如果有机会”，并不是“真希望可以合作”，董事长和我深切了解到，这个“机会”恐怕不会出现。

在这个行业中，“惹恼赞助厂商，导致节目喊停的艺人”简直就像惹怒天神，被赶出天界的堕落天使般让人避之唯恐不及。当然，每个人都不动声色，但从他们说的“如果有机会，真希望可以合作”这句话中，可以知道他们心里在想“我们怎么可能会找你合作”。

“很快就会接到一两份工作，万代屋的董事长和当家艺人特地上门拜托，这可是天大的面子。”

董事长一开始还很有信心，硬是要求望乃张罗了活动费给我，午餐和晚餐也都带我去意大利餐厅和日本餐厅，但三天之后，午餐就变成了拉面，第四天吃便当店的便当。董事长的意志越来越消沉，我整天提心吊胆，担心他对我说：“你还是脱吧！”

第五天。

“我决定了。”我们坐在六本木之丘的摩天大楼下方磨得光可鉴人的石椅上，撕开当天的午餐——便利商店的饭团保鲜膜时，董事长突然开了口，“我去和常磐线交涉。”

我惊讶不已，就像听到他说“你脱吧”一样看着董事长。

“逞强也不是办法，虽然他把我当成竞争对手，但别看他那样，其实他很热心，一定会介绍几个工作机会。好，就这么办。决定了！决定了！”

他自言自语地说完后，把包着海苔的饭团整个塞进嘴里。他张大的嘴巴里塞满了饭团，一时吞不下去。他这个动作似乎在说，我不再多说什么，所以你也别问。

手上饭团的保鲜膜才撕了一半，我停下了手。

优势是业界最大的演艺经纪公司，常磐线，也就是常盘千一，是优势的董事长，是铁壁董事长在内心持续声援的老同事，也是良好的竞争对手。无论彼此在业界的地位多么悬殊，铁壁董事长对他只有竞争心，从来不打算厚着脸皮上门拜托他。

我看着腿上那个保鲜膜撕了一半的饭团，听到身旁的董事长把饭团吞下去的声音后，抬起了头："董事长，那个……"

董事长喝完了宝特瓶里的水，一张大脸看向我。他嘴边有一颗饭粒。即使在这种场合也可以照样搞笑，这是他这个人的罪过。

"我还是脱吧。"我原本想说这句话，但错过了开口的时机。

看到我再度吞吞吐吐，董事长移开视线，轻描淡写地说："偶尔也该去看他一下。因为他叫我随时去找他，噢，你不用去了，先回事务所吧。我一定会带回好消息，你在事务所等我。"

说完，他站了起来，带着嘴角的饭粒走向六本木车站。

我从六本木之丘一路走回赤坂的事务所。

"我回来了。"我无力地打着招呼，在玄关脱下鞋子，目光停留在整齐放在门口的一双淡紫色高雅的和服鞋上。

有客人？

一阵啪嗒啪嗒的拖鞋声，望乃走了出来。

"惠理佳，有客人来找你。是稀客。"她语带兴奋地说。

我不禁有点纳闷。

一个陌生的女人坐在董事长办公室访客用的沙发上。一看到我走进去，她立刻站了起来，默默地深深鞠了一躬。她一身很有品位的淡紫色和服，显示她是有钱人家的太太。我搞不清楚状况，但还是向她鞠了一躬。

女人露出淡淡的微笑，用平静的语气说："很抱歉，你出门的时候，我在这里等候。敝姓鹈野，今天有事相求，所以登门拜访。"

“噢。”我还是无法理解眼前发生的状况，不置可否地应了一声。

鹈野太太露出高雅的笑容说：“在此之前，我有一样东西要先交还给你。”说完，她弯下腰拿起放在沙发上的那个豆沙色方巾包的大包裹，放在茶几上。

我在鹈野太太对面坐了下来，注视着那个包裹。

“请问是什么？”我问道。

她用优美的姿势摊开手掌，似乎在说，请你打开看看。我纳闷地打开了包裹，从散开的方巾中出现的是装了我所有财产、董事长送我的 LV 皮包。

“啊！”我叫了一声，然后就说不出话了。

鹈野太太看着我，再度露出微笑：“星期一，我们搭了同一班电车，就是你搭乘的千代田线，我刚好坐在你对面。”

鹈野太太看到我专心看着放在腿上的信，想知道我是不是“欢迎回来小姐”。她屏住呼吸，观察着一边看信，一边独自点头叹息，不时露出微笑的我。我因为太专心看丰田清子女士的信，完全没有察觉有人在看我。

到了赤坂站时，我慌忙冲出车门，却把 LV 皮包留在座椅上。鹈野太太惊讶地立刻站了起来，拿起我的皮包，电车已经驶离了车站。她把皮包抱在胸前，打算交到失物招领处，但立刻转念想到我是艺人，担心会引起不必要的骚动，决定亲自送到经纪公司，于是就带回了家里。之后因为家里有事，所以直到今天才送来经纪公司。

鹈野太太向我鞠躬，由衷地为自己思虑太多让我白白多担心了几天而道歉。

我对她说：“你千万别这么想，我真的很感谢你。虽然这 LV 皮包已经过时了，但我很珍惜它，你特地为我包起来，我真是太高兴了。”

鹈野太太没有直接拎着包来还我，也不是装在纸袋内，而是用漂亮的方巾包起来，可以感受到鹈野太太的用心。

鹈野太太抬起头，正视着我的脸。“我猜对了。”她嘀咕后说，“你果然如我想的那样……和我女儿想的一样，很坦诚，很直率。”然后，她垂下双眼，好像在祈祷什么。

鹈野太太似乎有什么特殊的原因，所以才会特地把我遗失的皮包送上门。

“你刚才说，有事相求，有什么我可以帮上忙的事吗？”

听到我提起这个话题，鹈野太太露出欣喜的表情。虽然她刚才说“有事相求”，但可能难以开口。她用比刚才稍微有力的声音回答说：“对。可不可以请你代替我女儿去旅行？”

听了她的话，我整个人都僵住了。因为她提出的要求太奇怪了，我不知道该如何反应。

“旅行……吗？我代替你女儿旅行？”

鹈野太太点了点头，告诉我她的女儿真与小姐想要委托我当她旅行代理人的来龙去脉。

真与小姐罹患了全身的肌肉会逐渐萎缩的不治之症——肌萎缩侧索硬化（渐冻症），正在与病魔搏斗。和我同年的真与小姐在二十九岁时发病，去年住院之后，就完全无法外出。虽然可以说话，但已经无法自行走动或坐起，整天躺在床上，乐趣就是看电视，听音乐。

鹈野家是花道“鹈野流”的掌门人之家，鹈野先生是第四代掌门人鹈野华传，他对女儿的教育很严格，让日后将成为掌门人的女儿读一流的学校，欣赏一流的艺术，过一流的生活。当掌上明珠罹患不治之症后，掌门人的悲伤可想而知。他们找遍所有的医院，走访所有的名医，无论是西药还是中药，尝试了任何有些微可能性的药物，但是，女儿终将面对无法拿起剪刀，甚至一枝花的命运。

身为掌门人的父亲突然不再去探视女儿，鹈野太太说，因为掌门人不愿面对现实，整天投入工作中逃避。日前鹈野太太和掌门人在位于根津的鹈野流总部鹈野花道馆发生争执，不愿等司机的车，独自搭电车回到位于代代木上原的家中，刚好在地铁上看到每个星期都在电视上看到的熟悉面孔。没错，鹈野太太每周六上午都会和真与小姐一起看《小旅行》这个节目。

真与小姐从《小旅行》开播以来，每集都按时收看。她曾经说，虽然自己已经无法旅行，但每次都感觉欢迎回来小姐好像在代替她旅行。在她生病之前，一家人经常四处旅行。因为掌门人认为，欣赏美丽的风景，走访古刹和美术馆，品尝美食，在一流旅馆住宿，享受最高等级的服务，都是一种教育，所以在旅行时不允许有任何妥协。虽然是美好的经验，但这样的家庭旅行却令人感到紧张。然而，如今连这样的旅行也无法如愿了。

真与小姐经常说，真羡慕欢迎回来小姐，说我看起来很直率坦诚，又充满欢乐，让观众也感到愉快，她很羡慕我经常用这种方式旅行。

如果可以，真希望再次去旅行。

真希望可以像欢迎回来小姐一样，住在淳朴的民宿，当场咬一口附近农户刚采下来的新鲜蔬菜。希望可以像欢迎回来小姐一样，和当地的大叔、大婶尽情聊天，大声欢笑。跟着当地老爷爷学编织草鞋，跟着老奶奶学蓝染。道别的时候，在当季野花盛开的小路上，一直挥手说再见。

真希望可以用这种方式旅行，哪怕一次就好。

只是她知道，这辈子都无法完成这个心愿了。

真与小姐怀有这种梦想，当她发现《小旅行》节目停播之后，不知道有多么难过沮丧。为了让女儿振作起来，鹈野太太打电话去电视台，希望这个节目能够继续播出，也在网络上查有没有我主持的其他旅游节目。最后，她决定“去欢迎回来小姐的经纪公司”，掌门人的态度却很冷淡。

“做这种事有什么意义？难道那个艺人会代替已经无法动弹的真与去旅行吗？难道有这门生意吗？她是‘代理旅人’吗？”在鹈野花道馆吃午餐时，掌门人咄咄逼人地问道。

夫妻两人发生了争执，鹈野太太忍无可忍地冲出门外，搭上电车，然后见到了我，而且还捡到了我忘在车上的皮包。

“真是太巧了。”我忍不住苦笑起来。

“是啊，简直就像是上天特地安排好的。”鹈野太太也苦笑着回答。

“虽然我知道必须马上送回来，但我还没有做好心理准备。我希望能够向你说明一切，把我和女儿的想法也告诉你，然后我们母女两人一起拜托你。”

鹈野太太的话深深印入我的心里，激起美丽却有些许悲伤的声音。原来眼前也有人期待看到我四处旅行，这个事实令我感激不已。正因为如此，如今我更懊恼节目不幸被喊停了。

听了真与小姐的状况，我能够理解她希望我代替她旅行的心愿。

如果我出门旅行能够帮助别人，无疑是最令人高兴的事。我很希望能够马上出门旅行，满足真与小姐的心愿。从节目被喊停至今已经两个多星期没有出门了，我也等不及想要出去旅行。

可是……

“鹈野太太，我很感谢你和真与小姐的心意，如果我的旅行能够让真与小姐更健康，我很愿意为她去旅行。但是，呃……那个，我相信你在调查后已经知道，我……”

目前完全没有工作。不要说旅行节目的工作，就连地方台的广告或是连续剧中跑龙套的角色也接不到，即使想去旅行，也没有任何机会。

我正打算据实以告，她拿出一个深蓝色绉绸布包的细长形包裹放在桌上。我默默注视着包裹，不太了解状况。

“或许这么做很失礼，但请你收下。”

我抬头看着鹈野太太。

她依然带着平静的微笑说：“你可以认为是旅行的经费，虽然金额不多，但希望你收下。”

那个包裹一看就知道很厚。不，我从来没有看过这么厚一摞钞票。

我立刻陷入了混乱，放在腿上的手微微颤抖。“太好了”的声音和“不可以收下”这两种声音轮流在耳边回响，同时听到了鹈野太太略显激动的声音：“只要一次就好，可不可以请你为了我女儿去旅行——请你代她旅行。”

3

喂？妈妈？是我。

嗯，对不起，我知道你打了电话给我，但我迟迟没有回电。

对啊，《小旅行》结束了。嗯，理由嘛……理由是……现在不是不景气吗？赞助厂商说，不想继续赞助了。嗯，是啊，所以节目也就无法继续下去了。

铁壁董事长？他没事，很好啊。

当然会失望，董事长是“不屈服的前拳击手”，一路走来，克服过很多困难，他说船到桥头自然直，最近在积极为我接洽工作。

是啊，以目前的情况，真的有点难。

奶奶身体好吗？腰还痛吗？

是吗？那就太好了。

惠太呢？他还是整天和一群渔夫一起喝酒吗？

那你呢，工作会不会太累？

我很好啊。嗯，是啊。旅行……这一阵子都没有出门旅行。我想很快应该……应该很快吧。真希望可以再出门旅行。

你要保重身体，代我向大家问好。

那就这样，改天我再打电话回家。

我和铁壁董事长并肩坐在地铁千代田线的座位上。

赤坂、国会议事堂前、霞之关……随着渐渐靠近要前往的新御茶水站，我的心情也越来越紧张。

“喂，你是不是在紧张？”电车到达大手町车站时，董事长问道。

我把头转到一旁回答：“没有，完全不紧张。”

“少骗人了。”董事长立刻反驳，“你上车之后，就一句话也没说。你每次和我一起出门，都会一路噪聒地说交通或是食物的事。”

“应该是聒噪吧？”我立刻纠正他。“而且我哪有老是说交通和食物的事？简直把我当成小学生了。”

“我说错了吗？我和你一起搭电车时，你每次都说什么上次搭的久大本线很棒，然后在车上吃的铁路便当有多好吃，你每次都会聊这种事。”

我记得去年《小旅行》去别府汤布院出外景时，我的确和他聊过这些，但现在为什么要聊这种琐事？

“因为你嘴馋，所以才会记得吧？”

“是啊是啊，真受不了你，反正每次都是你占尽便宜。这次的事，你也会去某个地方狂吃美食。”

“你在说什么啊？对方是名门花道掌门人的千金，我怎么可能提出这么不上道的要求？”

“这怎么是不上道的要求？狂吃美食有什么错？”

“我是说，像你这样一直说狂吃美食就很不上道。”

当我们你一言我一语地斗嘴时，已经到了新御茶水站。我的紧张也不知不觉烟消云散了。

我们正前往某家位于御茶水的大学附属医院，鹈野真与小姐在那里等我们。她是鹈野流掌门人的独生女儿，二十九岁发病后，直到目前三十二岁，都在和不治之症做斗争。

上个星期，突然来到经纪公司的鹈野太太似乎下定了决心，把所有的事都告诉了我们。

“那是神经方面的疾病，脑神经的指令无法传到全身，所以无法活动肌肉，导致全身的肌肉，包括舌头和喉咙的肌肉都会慢慢萎缩，失去正常功能。目前没有任何方法可以治愈这种疾病。”

我忍不住屏住呼吸。我记得很久以前，曾经在电视上看过渐冻症这种不治之症的介绍。

“虽然现在还可以发出声音，但以后咀嚼和呼吸都会有问题，如果不割开气管，装上人工呼吸器就无法活下去，所以……”鹈野太太说到这里，垂下了双眼。

我也看着自己放在腿上的双手。

真与小姐拒绝装人工呼吸器。

一旦装上人工呼吸器，就需要二十四小时照顾，她不希望拖累原本就已经很忙碌的家人。她说绝对不希望意识和健康时一样清醒，身体却无法动弹躺在床上。

如果不装人工呼吸器，就无法自行呼吸，绝对不能让这种情况发生。鹈野太太拼命说服女儿，但真与小姐的心情反而平静下来，希望父母接受她的要求，直到最后一刻，都希望靠自己呼吸，靠自己的意志走完人生。真与小姐向母亲提出这样的要求，每天靠微弱的呼吸活着。

有些渐冻症患者装了人工呼吸器后积极走出户外，不愿意在病床上等死，延续生命更重要。至今为止，鹈野太太很有耐心地持续说服，努力地激励渐渐陷入绝望的女儿。

鹈野太太想尽一切办法，希望女儿产生生存意志，希望带给她继续活下去的一缕希望，然后就想到了这个方法，希望我可以代为旅行。

“欢迎回来小姐，真与最爱旅行，也一直很崇拜你，可不可以请你去一趟以前我们一家人曾经去过的地方，代替我女儿看看那里不变的风景？回来之后，再不经意地告诉我女儿，我们全家人一定可以旧地重游。”

听到这里，我真的说不出话了。

因为这个委托太沉重，完全超乎我的想象。不是我危言耸听，这真的关系到一条人命。如果我轻易接受委托，万一无法达到鹈野太太期待的结果……

不行，这个委托的压力太沉重了。

虽然那个经费的厚实包裹让我有点难以抗拒，但我不认为自己有能力背负别人的生命。鹈野太太好像在等待最后的审判般低着头，我看着她盘着发髻的花白头发，鼓起勇气说：“令千金的事，我真的不知道该说什么好……她很可怜，而且生病之后，还很喜欢看我主持的节目，我由衷地感谢。但是，像我这种人承担这份重责大任……”

低头强忍着泪水的鹈野太太突然抬起头，用强烈的眼神看着我：“你会接受这个委托吧？！”

原本打算拒绝的话卡在喉咙里说不出来。

“不，这个……我是说，那个……”我手足无措地思考着该怎么表达。

鹈野太太站了起来：“这是我一辈子的拜托，请你、请你务必要答应，请你成全。”

她用颤抖的声音说完，当场跪坐在地上，然后双手伏地，把额头抵在脏地板上。

我有生以来第一次看到有人下跪磕头，也慌忙蹲了下来。“请你站起来，千万不要磕头。”

“不，在你答应之前，我不会起来。”

“这……我……请你站起来。”

“不，我不要。”

“你不要……拜托你了，赶快起来。”

就在这时，“我回来了。真是够了，常磐线竟然出国出差去了，他可真好命啊”，玄关传来一个慵懒的声音。去和竞争对手常盘千一谈工作的董事长回来了。我立刻抱着鹈野太太的肩膀，想要让她站起来，却怎么都拉不动她。这时，董事长办公室的门被用力打开了。

“……啊？”

董事长目瞪口呆地看着身穿和服、跪在地上的妇人，和抱着她肩膀的我问：“怎么回事？是在排戏吗？”

我站了起来，立刻想要掩饰：“董事长，你回来了。呃，这位是……”

鹈野太太打断了我的介绍，恭敬地双手伏地，再度深深磕了一个头。董事长瞪大了眼睛。

“吓死我了，竟然有人跪着迎接我回来，看来事情非同小可。”

鹈野太太终于再度坐回了沙发，然后痛切地向董事长说明了真与小姐的情况。

除了病情以外，她还说了自己和真与小姐这几年来有多悲伤，有多痛苦，好像失去了生命的意义。因为巧遇了我，如果可以将再度出门旅行的希望寄托在我身上，将是多么欣慰。然后也提到了今天已经带了经费过来这件事。

鹈野太太不知道说了多久，望乃送进来的茶已经凉了，她一口都没喝。

在鹈野太太说话时，董事长始终抱着手臂，好像变成了一尊许愿达摩不倒翁般一动也不动，但目光紧盯着放在茶几上的玻璃烟灰缸旁的细长形包裹。希望董事长能够抗拒那个包裹的诱惑，冷静地判断委托内容。

鹈野太太痛切地说完后，犹豫了一下说："最令我女儿难过的是她和父亲之间的关系。"

鹈野流第四代掌门人鹈野华传对女儿的病情感到绝望，已经半年没去医院探视，即使鹈野太太请求他去医院，他也总是置之不理。

"虽然他是女儿严格的老师，但同时也是女儿的父亲，女儿对他的尊敬和仰慕比健康时更加强烈，所以经常说，不希望影响到掌门人的工作，也不愿意增添他的烦恼……"

"我以前曾经和爸爸、妈妈前往日本各地的美丽风景，寻找盛开的鲜花。以后却再也无法和掌门人一起旅行了，现在不要说旅行，甚至连见面也变成了奢望。"

每次真与小姐露出落寞的眼神说这些话时，鹈野太太都流着眼泪走出病房。

在真与小姐成人后，掌门人不许女儿叫他"爸爸"，必须叫他"掌门人"。他带女儿去旅行，是为了严格教育日后将成为全国数十万名弟子总帅的女儿，同时培养她感受花道精神的技术。这十年来，他不是以父亲的身份，而是以师父的身份和女儿相处。女儿也响应了父亲的要求，默默地追随师父。

但是，在女儿生病之后，鹈野太太终于发现，为什么一家人要这么逞强？

如果可以更坦诚地表现喜悦、快乐，难过的时候不必忍耐，可以把痛苦直接说出来，不知道该有多好！即使在目前这种状况下，父亲和女儿也都在逞强，都坚持不说“我要去见女儿”或是“我想要见爸爸”。

听鹈野太太说话时，我无法克制自己的心情，变得越来越沮丧。

越是了解鹈野太太目前所面临的状况和她的心情，越觉得像我这样的人，不可能胜任代理旅人的工作。因为这和录节目完全不同，既没有导播的指示，也没有脚本，不是只要对着镜头笑着说“丘惠理佳，超想知道”，观众就会高兴这么简单。况且，即使我去旅行，要如何把当时的感觉告诉正在住院的真与小姐，当然不可能拿着地图和照片给她看，向她报告“我按照你的要求去过了”就算是完成任务。

“我充分了解你说的情况。”董事长趁鹈野太太喘息的时候说道。

听到他说这句话，我暗想，董事长果然了解到事态的严重性。虽然最近已经很少遇到这种情况，但以前每次接到有难度的工作，或是不符合我形象的工作委托时，董事长都会在对方说明完毕后说类似的话。“我充分了解你说的意思”“你的情况我完全了解了”，下一句话就是“但这样的工作条件，恕我无法接受委托”。

董事长眨了一下眼，用开朗的声音说：“我们接受你的委托。”

我差一点从沙发上掉下来。“等一下……董事长，你在说什么啊？！”

鹈野太太好像完全没有听到我的惨叫声，马上鞠躬说：“太感谢了！这么一来……这么一来，我女儿一定会产生活下去的希望。啊，我要立刻去告诉她这个消息。董事长先生、欢迎回来小姐，真的太感谢两位了。”她用和服的袖子轻轻擦着眼角。

我着急起来：“不，听我说。别管经纪公司的决定，先听听我的意见……”

“你先闭嘴！”董事长大声呵斥道，我立刻缩起了脑袋。董事长把手放在腿上，探出身体，对着鹈野太太说：“但是，我有两三个条件。只要你愿意接受，那我们就接受这个委托。”

董事长的态度显然已经打算接受委托，我的心跳加速。鹈野太太的身体也微微前倾。

“好，当然没问题。请问是什么条件？”

如果董事长现在说“酬劳要一千万”，她应该也愿意接受。我提心吊胆，内心的紧张表的指针用力抖动，几乎快甩断了。

董事长注视着鹈野太太的眼神，用明确的语气说：“首先，请安排惠理佳和你心爱的女儿见面。”

我内心紧张表的指针立刻停了下来。鹈野太太露出有点意外的眼神看着董事长。董事长的嘴角露出微笑：“这个案子的委托人不是你，而是真与小姐。如果不充分了解委托人的想法，当然无法开始执行。难道我说错了吗？”

鹈野太太带着些许热切的声音回答：“你说得对。”

董事长点了点头，似乎感到满意。

“真与小姐希望惠理佳什么时候，去哪里，用什么方法，走哪一条路线，用怎样的方式旅行，另外，要用怎样的方式报告，她才会感到满意。所有这些事项，都必须当面向真与小姐确认，没问题吧？”

“没问题。”鹈野太太回答。她的声音带着哭腔。

我不敢吭气，只能看着他们。董事长瞥了我一眼说：“然后，关于经费……”他伸出好像草鞋般的右手，抓起那个细长形的包裹。我以为他会放进自己上衣内侧的口袋，没想到他推回到鹈野太太的面前，“我们不能收下。”

鹈野太太和我同时惊讶地看着董事长。董事长干咳了一声，改口说：“目前还不能收下。等她完成旅行，向真与小姐报告之后，才可以收下。金额可以由你们决定，如果真与小姐不满意，我们完全不收任何报酬。”

他斩钉截铁地说完，又再度改口说：“啊，但是希望你们可以负担最低限度的必要经费。”

“那当然。”鹈野太太立刻回答。

“好，那就这么决定了。”

董事长用力拍了拍自己的大腿。这是他谈生意成功时的习惯动作。已经好久没有看到他做这个动作了。每次看到他做这个动作，我就充满了干劲。

“那就拜托你们了。”鹈野太太再度深深地鞠躬。她的动作诚恳而优美，很有名门花道掌门人太太的气派。

“不，彼此彼此，还请你多关照。”董事长也鞠了一躬，他的动作很难看，就像是岩石滚动了一下。

我觉得很滑稽，也跟着鞠了一躬。

当我回过神时，发现自己已经踏出了全新形态的工作——代客旅行的代理旅人的第一步。

新御茶水车站附近的大学附属医院五楼，特别病房所在的楼层走廊上，消毒水的味道中，夹杂着淡淡的花香。

虽然此行的目的是去见真与小姐，并和鹈野太太、真与小姐讨论委托的事宜，但董事长和我都双手空空。原本打算带一束花去探视，但对方是鹈野流的继承人，如果没有挑对花，可能会出糗。真与小姐在饮食上有所限制，带旅行的书籍好像有点讽刺，最后在董事长“你去见她应该就是最大的诚意”这句话的鼓励下，我们空手来到这里。

随着渐渐走近真与小姐的病房，花香越来越浓。确认病房门口旁的名牌后，我说了声“打扰了”，悄悄打开了虚掩的门。

“啊，万先生、欢迎回来小姐，谢谢你们特地跑一趟，我们期待很久了。”

鹈野太太今天穿了一件米色衬衫搭配一件呢料裙子，立刻走到门旁来迎接。鹈野太太身后的病房中央有一张病床，真与小姐躺在床上。

真与小姐的病床摇了起来，她上半身稍微倾斜地躺在病床上，直视着正前方。鼻孔和嘴巴上戴着氧气面罩，病床周围有各式各样的仪器。原本以为病房内放满了鲜花，但完全看不到任何一朵花，只有浓浓的花香，也许是用了室内喷雾剂。我们走进单调的个人病房。

“真与，这是欢迎回来小姐和经纪公司的董事长万先生。欢迎回来小姐在旅行之前，特地来这里看望你。”

我们坐在病房旁的椅子上。“请你让她看到你的脸。”在鹈野太太的催促下，我身体微微前倾，看着真与小姐的脸。

“真与小姐，很高兴认识你。我是丘。”

真与小姐湿润的双眼好像在微笑。鹈野太太为她拿下了氧气面罩，她说话的声音听起来有点痛苦：“你真的来了，太开心了。”她的这句话化解了凝重的气氛。

“是啊，能够见到你，我也很高兴。”我由衷地对她说道。

真与小姐的双眼露出微笑："你愿意代替我去旅行吗？"

"是，我很乐意。我要去哪里，用怎样的方式旅行，才能够让你感到高兴？今天就是想和你讨论这件事。真与小姐，地点已经决定了吗？"

"对，就是我们全家人最后一次去旅行的地方，有一件事让我耿耿于怀，希望你可以去那里看看。"

董事长和我互看了一眼。有一件事让她耿耿于怀？

"在我发病之前，我们一起去了赏樱胜地。因为翌年春天要在纽约举行鹈野流的重大发布会，打算以春天的花卉为主题，所以我们去欣赏盛开的枝垂樱。

"我希望以蓝天下，在春风中摇曳的优美樱花作为作品的主题。

"但是，盛开的樱花没有等我们。我们去的那一天，只有纷落的雨和花开后已经凋谢的空树枝。费心调整时间，和我们一起前往的掌门人心情很恶劣，一看到被雨淋湿，已经没有樱花的树枝，说了声'走了'，就转身离开了。

"妈妈和我都像是被雨淋湿的樱花树一样既寂寞又难过，只能跟着掌门人离开了。

"那时候，我走路已经有点问题，很容易绊倒。为了追上掌门人，我跌倒在泥泞中。

"但是，掌门人继续往前走。即使妈妈叫着'等一下'，他也仍然没有回头。妈妈和我淋着雨，满身的泥泞……

"等在车站的掌门人一看到我满身泥巴，立刻问我：'你带我来这里，就是要让我看这种东西吗？已经凋谢的樱花在雨中的样子最凄惨，你要特地在纽约展示这种东西吗？鹈野流不会把这种东西称为花。'

“我们在凝重的气氛中搭新干线回到了东京，我内心燃烧着懊恼的火焰，暗自发誓，一定要在纽约展示优美的枝垂樱，消除父亲的失望，响应他对我的期待。

“没想到……我的愿望无法成真。

“旅行回来后不久，我就开始步行困难，一个月后，被诊断为渐冻症。

“我无法再去纽约，也无法再去那个赏樱胜地。

“这件事成为我内心的遗憾，每当春天来临，想到那里开满了樱花，我却再也无法看到，就倍感遗憾。

“我很希望能够和掌门人、妈妈再度旧地重游，去那个樱花盛开的地方。

“所以……”

真与不时吸着氧气，花了很长时间，缓缓地、缓缓地说出了她内心的感受。真与小姐说的每一句话，都带着生命的沉重，充满对温柔体贴的母亲深厚的感情，更有着追求花卉世界的狂热。虽然掌门人对她这个继承人很严格，但她对掌门人只有景仰，没有愤怒，对疾病也没有怨言。

虽然真与小姐已经无法摆脱罹患的重大疾病，但她没有逃避，而是彻底接受现实，在充分思考如何才能了却自己未完成的心愿后，委托我当她的代理旅人。

听真与小姐说明她的情况时，我深切感受到自己曾经想要逃避的懦弱。

我太渺小，虽然和真与小姐同岁，却完全无法和正视生命意义的她相提并论，经常为一些小事沮丧消沉，也没有强大的生活能力。不仅无法衣锦还乡，甚至不敢回老家。我和真与小姐的格局实在差太多了。

但是，我也深刻体会到，比我了不起的真与小姐迫切希望我能够代替她去旅行。这个世界上有人迫切需要我这件事，让我感受到真挚而宁静的感动。

我能够响应真与小姐的想法吗？真与小姐直视的眼神和坦诚的话语，让我在来医院之前的不安渐渐产生了化学反应。

我希望自己能够响应真与小姐纯真的想法。

听完真与小姐的说明后，铁壁董事长就像之前听鹈野太太说明情况时一样，抱着双臂，陷入了沉思，然后说了声“恕我失礼一下”，起身走出病房。

这种时候怎么跑去上厕所？我很想对董事长抱怨，但最后瞥了一眼墙上的日历，小声对鹈野太太说：“刚才提到盛开的樱花……今天是四月二十三日，关东附近的樱花早就已经谢了……”

鹈野太太嫣然一笑说：“请你对真与说，她身体无法动弹了，可听觉和嗅觉变得异常敏感，即使别人小声说话，她也听得很清楚。”

我慌忙转头看着真与小姐说：“真与小姐，现在还有哪里有盛开的樱花？”

“……角馆。”

“角馆？秋田县的角馆吗？”

真与小姐的眼中露出淡淡的微笑。

角馆是日本屈指可数的枝垂樱胜地。我还没有去过，但曾经在车站张贴的海报上，看到低垂的枝垂樱从武家屋敷[①]的黑色围墙内优雅

① 武士的住宅称为武家屋敷。——译者注

探出头的照片。我记得今年上半年的《小旅行》行程也安排了这个外景地。如果节目没有喊停，现在应该去出外景采访了。

我再度看着日历。记得导播市川先生曾经说，黄金周前是角馆赏樱的最佳时间。如果今年的花开得早，搞不好明天就要出发，否则就来不及了。不，现在可能已经开始凋谢了。目前因为地球变暖，东京的樱花也比往年开得早。

这时，董事长拿着手机走回来了，他走到真与小姐的床前，用开朗的声音说：“真与小姐，角馆的樱花将在这个周末盛开。”

咦？我忍不住感到惊讶：“你怎么知道是角馆？”

“只要是日本人，都会想到啊。枝垂樱的名胜，又是新干线可以到的地方，当然非那里莫属。真与小姐，对不对？”

董事长从来不曾和我一起出外景，但每次都会在我出发前，亲自调查我要去的外景地。他是一个很好学的人。

“你上网查了开花情报吗？”

“不是，我不太会上网查资料。我打电话给望乃，请她打电话向角馆观光协会确认，据说现在开了七分。”

鹈野太太和我忍不住互看了一眼，然后相视而笑。我探头看着真与小姐的脸问：“那我会在这个周末，以角馆为中心行动。你最想看的就是樱花吧，还有其他吗？”

真与小姐用开心的声音回答：“什么都好，只要你觉得很棒的景点，什么都可以。”

“好，我知道了。那……我和董事长会决定旅行行程，可以等我回来时，再告诉你最后去了哪些地方吗？”

“可以。”

“食物呢？”

“比内土鸡，还有和果子生诸越。我原本很期待，结果那天没有吃就回东京了。”

“那要不要顺便去泡温泉？我记得田泽湖附近有秘境温泉。”

“啊，真不错，我很想去。”

“你只是自己想去吧？”董事长立刻在一旁戳我的头。

我耸了耸肩，鹈野太太在背后窃笑着。

“到时候要用什么方式向你报告呢？”

“可以录像，就像《小旅行》一样，把你看到的，体会到的，以及你感受到的都拍成影像。”

我陷入了沉思。

录像……

我习惯被拍，但并不擅长拍摄，根本没有拿过摄影机。到底该怎么办？以真与小姐目前的状况，用影像向她传达盛开樱花的报告方式最能够让她满意，这点毋庸置疑，但是……

我在思考时，一旁的董事长开了口：“没问题，你别看她这样，她可是影像高手，只不过她擅长被人拍摄，而不是自己动手拍摄。”

听到董事长的话，真与小姐说：“不光是拍摄，我希望欢迎回来小姐也出现在镜头上。可不可以像电视一样，在风景旁报道呢？”

她提出了难题。也就是说，除了我以外，还需要一位摄影师。

“怎么办？要不要请安藤先生同行？”

我小声说着之前节目的摄影师安藤先生的名字，却立刻被董事长否定了。

“你在说什么啊，他的酬劳很高。惠理佳，你回想一下，在《小旅行》

节目最后的旁白，你不是都会说一句话吗？”

听到董事长这么说，我在脑海中翻开了脚本。

今天的《小旅行》，不知道各位觉得怎么样？

旅行真是太不可思议了。

只要走出门，就会有各种新发现，就会有新的邂逅。

如果不出门，就无法知道会发生什么事。

所以，要不要出门走一走，洗涤一下心灵，让自己休息一下？

各位观众朋友，我们一起上路吧。

从明天开始，去旅行吧。

不用担心，一定会有好事发生！

“‘如果不出门，就无法知道会发生什么事’吗？”我问道。

“不是那一句，”董事长说，“是‘不用担心，一定会有好事发生’。真与小姐，你说对不对？”

真与小姐双眼渐渐亮了起来，站在一旁的鹈野太太也湿了眼眶。

真与小姐的表情也变得开朗，脸上好像擦了腮红。我注视着她的脸庞，暗自下定了决心。

好，我决定了。

单调的病房内没有任何花，这个病房成为真与小姐所有的世界，我要让这个病房充满春暖花开的气息。

真与小姐，那我出发了——我要代替你去旅行。

我感受到内心的候鸟用力拍打着翅膀，我已经做好了再度飞向旅途天空的准备。

4

东京车站。我站在七点三十六分出发、往秋田方向的小町 3 号车门旁，回头看着月台说：“那我出发了。”

“好，你去吧，路上小心。”铁壁董事长抱着粗壮的手臂回答。

“我有言在先，这是我第一次特地来送你，也是最后一次。‘代理旅人’也是我们公司的新业务，如果你不好好完成，就别想再踏进事务所的门。”

“好啦好啦，”我叹着气，“我知道了啦，你从昨天开始，同样的话说了超过二十次。”

“这代表董事长很担心，所谓天下父母心嘛。你就心存感恩地接受吧，这是你的早餐。”站在董事长身旁的望乃从随身携带的环保包里拿出一个像是便当盒的包裹交给我，外面包着心形包装纸。

“哇！”我忍不住欢呼起来，“该不会是目前东京车站的站内商店街最受欢迎的‘浅草今半牛肉便当’吧？我一直想吃。”

“你太天真了，”望乃很受不了地叹着气，“以我们公司目前的财务状况，怎么可能买那种豪华便当。况且它今天还没有开始营业呢。”

“啊？那这是……”

“当然是祈求旅途顺利的望乃亲手特制便当啊。”她向我挤眉弄眼。据说这个传说中的“魔性便当”曾经让众多演艺圈的人无力招架。虽然有点惊吓，但我还是心存感激地收下了。

“往秋田方向的小町 3 号车门即将关闭，请送行的朋友退到白线外。”发车的警笛声响起，月台上响起广播声。

“啊哟哟，上车，上车，快上车吧。”董事长把我推进车内。

我用力向渐渐远离的他们挥手道别。

我终于回到旅途中，而且终于成为前所未闻的“代理旅人”。

接受鹈野家母女的委托后，铁壁董事长彻底调查了一番，想知道世界上是否有这种业务。最后果然发现虽然有很多旅行社，却找不到“代客旅行”这种业务，倒是有“代客扫墓”或是“代客参加葬礼”之类的服务。董事长叹着气说，代客旅行这件事恐怕在全世界也都很少见。

旅行当然要自己亲自感受，也许从委托他人旅行的那一刻开始，就称不上是旅行了。但是，世界之大，也许有人因为某种原因，需要请别人代为旅行。而且有人希望那个“别人”不是素昧平生的人，而是由旅行高手——欢迎回来小姐代为进行一场特殊的旅行。

“惠理佳，这个策划搞不好会一鸣惊人，将会改变你的人生。”

在我出发之前，董事长不停地说这句话，独自兴奋不已，还说要去申请代理旅人的专利、申请注册商标这些莫名其妙的话，我慌忙阻止他。因为他之前在鹈野母女面前说大话，说什么如果这趟旅行无法让鹈野太太的独生女，目前躺在病床上的真与小姐满意，除了经费以外分文不取。

总之，现在的我不必去想什么专利、商标或是一鸣惊人，只要专心成为真与小姐的眼睛和耳朵，用符合她感觉的方式，向她报告细腻而华丽的樱花世界即可。

当我在座位上坐下后，从皮包里拿出手机，打开手机盖，确认角馆今天的天气和樱花情报。从昨天晚上到现在，我不知道确认了多少次。

秋田　角馆地区　多云时阴　樱花　盛开并开始凋谢

“太好了！”我忍不住做出胜利的手势。太好了，太好了，这样就对了嘛。

我从《小旅行》时代开始，就被视为都市传说之一。没错，无论欢迎回来小姐去哪里旅行，都必定晴空万里。导播市川先生曾经说过：“如果哪里有什么重要活动，希望天气放晴的话，找欢迎回来小姐准没错。”在五年期间，出了一百二十次外景，从来没有遇到下大雨的情况。鹈野母女几乎观看了两百四十集的节目，她们纳闷地问：“怎么从来没有看过你打伞？”母女两人还打赌，看去哪里出外景时，可以看到我拿雨伞的画面。最后，直到最后一集，我都完全没有在节目中撑过雨伞。因此，鹈野太太和真与小姐对我此行充满期待，既然是“超级晴天女”的我出任务，这次旅行必定也是晴空万里。

“请你一定要看看蓝天下，灿烂阳光下盛开的樱花。欢迎回来小姐，请你一定要把太阳也带过去。”

真与小姐这么对我说，脸上的神情宛如小孩求别人带她去游乐园。

真与小姐只有一个希望，那就是看到在晴空下盛开的枝垂樱，当然，也可以顺便吃附近的名产比内土鸡、和果子生诸越，还可以逛田泽湖附近的蜂蜜店和泡远离尘嚣的秘境温泉。去山上蜂蜜店时，比起蜂蜜卷蛋糕，泡芙似乎更诱人，还可以顺便吃一个蜂蜜冰激凌。

不对不对不对不对，不能只想这些事。原来我肚子饿了，所以满脑子都在想吃的。昨晚开会到深夜，今天早晨也很早起床，早餐也没吃就直接出门了。对了，我要吃望乃亲手特制便当。

我在腿上打开心形图案的包装纸,一个大保鲜盒出现了。搞什么啊，简直就像高中生的球队队员带的便当。

我把望乃的亲手特制便当打开一看，发现里面装满了白饭，中间用酸梅排成了心形。

那是前天晚上的事。

犹豫再三，我还是打电话给之前《小旅行》节目的工作团队成员之一的自由摄影师安藤先生。我左思右想后，认为还是只能拜托安藤先生。

真与小姐要求旅行成果用影像的方式报告，而且希望我站在镜头前报道角馆，但我长这么大，从来没有碰过摄影机。直到不久之前，我还以为只要对着镜头笑就好，现在一下子就要“自己拍自己”，难度未免太高了。听到董事长说“公司有可以简单拍摄的轻便型摄影机”时，原本还抱有期待，结果他从董事长办公室角落的那堆箱子里找出一个又大又重的旧式摄影机。

“来，你扛在肩上看看。”董事长轻轻松松地递过摄影机来。

“这根本不轻便啊?！”我几乎被肩上的摄影机压垮了，忍不住叫了起来，“简直就是神轿嘛。”

“这哪会是什么神轿，最多也只能算是手提金库。”董事长说。

如果我扛着手提金库旅行，不就变小偷了吗?

“况且，这根本不是数字摄影机。”

“啊？对啊，这是用录像带的，Beta 式录像带。”

我一下子瘫掉了，不是所谓“蓝光”，竟然是什么“Beta”。

“这也是没办法的事啊，我们的专业是上镜头，拍摄都交给其他专家啊。”

看来只能用租的，但即使解决了摄影机的问题，怎么拍摄仍然是个问题。

“我还是找安藤先生商量。”

“我劝你打消这个念头。”董事长听到我的嘀咕后，立刻制止道，“顺太很红，根本不会理你，你别去给人家添麻烦。”

董事长说得对，安藤先生拍摄的旅行节目很受好评。多年来，他以友情价和《小旅行》合作，这个常态性节目虽然很费工夫，实质收入却不多，节目喊停，他或许反而松了一口气。听说之前就一直在等安藤先生档期的各电视台节目制作公司，都纷纷向他提出合作的要求，的确不适合向他请教“要怎么用摄影机拍摄”这种小学程度的问题。

回想起来，《小旅行》是一个在各方面都得天独厚的节目。

导播市川先生是曙光电视台的子公司节目制作公司曙七的员工，制作过很多节目。听说很多艺人都希望和他合作，他根本不需要找我这种落魄艺人主持节目，结束这个花费心思的旅行节目，他可能暗中拍手叫好。

发型师小光和造型师实美也都很热门。在和《小旅行》合作的五年期间，她们渐渐扩大了各自的事业版图，两个人都从原本所属的事务所独立出来，成立了事务所，手下也有好几个工作人员，却还愿意陪着我一起旅行。

助理导播奥村也是能干的年轻人。他能够在为数不多的预算内安排好行程、外景地和张罗便当。在我们公司的经纪人辞职之后，出外景时，他还主动负责我的经纪工作，我猜想他可能很快就会升上导播。

“小旅行家族”就像是卖艺旅行的一家人。

节目喊停之后，大家都展翅高飞——除了我以外。

然而，就连我也踏上了新的旅程。如果我不好好努力，就会遭人嘲笑。

想到这里，我马上操作着手机，打电话给安藤先生。

关于我将展开代理旅人的新工作一事，因为必须为委托人保守秘密，所以无法告诉他详情，只简单地向他说明，因为受某位业主之托，要去角馆赏樱，还要自己动手拍摄，希望他可以向我传授简单的摄影诀窍。安藤先生在电话中说：“电话中说不清楚，明天晚上九点，你要不要来我的事务所？”我还说要借一台目前已经不用的轻便摄影机。安藤先生没有多问，就一口答应，他的亲切与热心让我感激不尽。

出发旅行的前一天晚上九点，我独自去了安藤先生位于六本木的事务所。

节目喊停后一阵混乱，我还不曾为他这些年来的照顾登门向他道谢。虽然我突然为自己的失礼感到不好意思，但安藤先生轻松地接待我，好像我们昨天还一起出外景。

“嗨，小丘，你愿意来我这种小地方，真是太让人高兴了，而且还要我亲自向你传授拍摄技巧，这可是犒赏啊。”

这间公寓的房子用隔板和后方的空间隔开，前方有一张会议桌。我坐在桌子旁，安藤先生像往常一样，开心地和我聊天。我诚惶诚恐地说：“不好意思，我没有付学费，这么冒昧拜托你。”

“你在说什么啊，这种事不重要。你说的那个什么代理旅人的策划听起来很有趣啊，又是铁壁先生的主意吗？”

“不，该怎么说，只是偶然的发展。”

虽然没有提委托人的姓名和病名，但我告诉他，有一位重症女病人和她的母亲定期收看《小旅行》节目，委托我代替她去角馆旅行。因为他们全家人最后一次去角馆旅行时下了雨，留下了很惨的旅行回忆，所以，希望我无论如何都要拍下盛开的美丽樱花，带回来给她看。

安藤先生抱着双臂，默默听着我说话。听完我的说明后，叹着气说：“原来是这样，原来旅人欢迎回来小姐打算为了那个人脱一层皮。”

最近对“脱”这个字十分敏感的我红着脸说：“也不是这样啦。”

安藤先生笑了起来：“嗯，很不错啊。”

这是安藤先生拍到理想画面时的口头禅。

“很不错，真的很不错。我现在就可以看到画面，万里无云的蓝天下，枝垂樱的树枝微微摇晃，你站在樱花树前露出微笑。”他抱着双臂小声说完后，突然抬起头，对着隔板后方问，“有没有看到？”

“看到了！”

隔板后方突然响起说话声。我惊讶地站了起来，发现有几张脸从隔板后方探了出来。我“啊”了一声，发自内心地感到惊讶。

导播市川先生、发型师小光、造型师实美，还有助理导播奥村，小旅行家族竟然都来了。我吓得跳了起来。

“为什么为什么？！大家都来了！你们怎么会在这里？！这是怎么回事？！”

“哪有为什么，当然是顺太找我们来的啊。”看到我惊讶的样子，市川先生捧腹大笑地回答。

“安藤先生说，欢迎回来小姐好像打算做一件有趣的事，我太好奇了，所以就跟着导播一起翘班过来了。”

奥村兴奋的语气和之前为出外景忙碌地做准备工作，仍然无法按捺对旅行的期待时一模一样。

小光和实美也异口同声地说：“我们也是。”

“听说你要一个人去旅行，而且必须自己拍摄自己，这怎么可能嘛！因为你连怎么画眉毛，怎么搭配有春天气息的衣服都一窍不通啊。”实美呵呵笑着，打开了大旅行袋拉链。

“所以呢，你看！这些都是我自己的衣服，和蓝天、樱花很相配的衣服、鞋子，还有配件，我都带来了。”

她拿出一件鹅黄色薄质毛衣和白色风衣，小光打开化妆箱。

“我会好好教你怎么化妆，让你出门在外时，也可以为自己化上美美的妆。”

我发现泪水已经在眼眶里打转。

“我猜想你自己构思的脚本一定很奇怪，我来教你如何规划路线，之后才能编辑出完美的影像。”不知道市川先生是不是故意刺激我。

“好，现在召开《代理旅人 欢迎回来小姐·角馆篇》的制作会议！”奥村很有精神地说道，他把大地图摊在桌子上。

是角馆的地图，上面详细标出了“樱花美景观赏处”“美食重点”“摄影重点”，他们就像以前一样，已经为我做好了详细的调查工作。

我整个人趴在地图上仔细看着，在叹气的同时，眼泪滴落下来，刚好滴在地图正中央，用签字笔写了“武家屋敷的枝垂樱”几个字的地方。我慌忙用指尖擦去地图上的泪水，然后又摸了摸脸颊，实美和小光都笑着说，我脸上长胡子了。

如今，“卖艺旅行家族”已经各奔东西。

但是，此刻大家又都聚集在这里，激励即将独自踏上旅程的女儿，为她出谋献策，让她漂漂亮亮地上路。

那天晚上，我们热烈讨论。用摄影机拍摄，写脚本，在地图上做记号，化妆，试穿风衣和鞋子，又叫了比萨，喝着葡萄酒，天南地北聊得不亦乐乎。

我总是在思考，为什么出发旅行之前，总能让人那么兴奋雀跃。

也许我们持续旅行，就是为了体会这种兴奋雀跃。

“你知道我公公做了什么吗？”

“他做了什么？做了什么？”

“他问我，你想要杀了我吗？问我是不是在他内裤里藏了针，所以那里才会隐隐刺痛，还问我要怎么帮他解决。”

“什么意思啊？！他彻底痴呆了吗？”

“对啊！所以我也火大了，我对他说，既然这样，我就不帮你换尿布了。因为我实在太生气了，就对我老公说，其他的交给你了，你要好好照顾，他可是你的爸爸，然后就出门了。活该，啊哈哈。”

“啊哈哈哈哈。”

这位大婶，不要再欺负爷爷了。

我差一点脱口说道，但其实我在一旁假装睡觉。

小町 3 号。从大宫车站上车的这两位大婶坐在通道对面的座位上，刚上车时，她们两个人好像陌生人般没有交谈。过了仙台车站后，靠窗的大婶小声地对靠通道的大婶说：“你听我说啊……”然后，她们一路聊个没完。快到盛冈车站时，她们说话的速度简直就像在放连珠炮。我靠在椅背上假寐，不想影响她们的谈话兴致，但媳妇对付公公的话题越说越激动，我终于忍无可忍了。

我抱着皮包起身，假装去上厕所，走到车门附近。真是受够了。我叹了一口气。

我站在厕所的镜子前，从皮包里拿出奥村为我准备的地图。地图上的重点部分都贴了标签。

“这里的樱花最大，要由下往上拍。”

“在这里采访报道，要用三脚架。”

“在这里采访路人。”

市川先生和安藤先生，为我安排了走访角馆名胜的行程，并写下了详细的指示。这些标签纸是市川先生的开拍指示，也是安藤先生的摄影机。想到这里，我忍不住露出微笑。

《代理旅人 欢迎回来小姐・角馆篇》的行程如下。

首先，在角馆车站下车，一路走向武家屋敷的区域。中途找地方吃午餐，吃比内土鸡的亲子丼。在武家屋敷区域，可以前往小田野家、河原田家、角馆武家屋敷资料馆、岩桥家等地，参观枝垂樱的名树。下午的点心就去仓吉吃和果子生豆馅诸越。再逛逛传统樱花树的树皮工艺和酱油商店，最后去桧木内川的河堤。到了那里，一定会有满满的、满满的、满满的樱花盛开。

欣赏完樱花，在日落之前，再度回到车站，搭田泽湖线这条地方线，一路摇晃前往田泽湖车站。在车站租车，然后开车四处兜风。目的地是秘境温泉玉肌温泉，享受美景宜人的天然温泉。那家深山的温泉旅馆愿意接受单身女子投宿，只这一点就令我好感大增。一边喝当地的酒，一边看当地的电视节目，和住宿的客人、旅馆老板娘聊天，然后扑通一声跳进浴池。啊啊啊……那是无上幸福的一刻，无法用言语形容。希望那时候我不会忘记自己此行的任务。

旅行的第二天，当然要从泡晨浴开始。吃完丰盛的早餐就出发。在前往田泽湖中途的山上蜂蜜屋吃蜂蜜泡芙，应该也会顺便吃一个冰激凌。这一阵子没有工作，体重有增加的趋势，但出门旅行，最不想听到“减肥”这两个字，所以，现在就不要扫自己的兴。

绕田泽湖一圈后直接前往八津和镰足一带。听说现在正是猪牙花盛开的季节，所以除了樱花以外，也可以顺便报道猪牙花的美景。然后在猪牙花的簇拥下吃午餐。用旅馆早餐供应的白饭，自己做饭团在花前吃便当。

午餐后，再开车沿着来路往回走，前往田泽湖。还车之后，搭上十六点四十分的小町24号回东京。我八成会累得睡着。以前《小旅行》出外景的时候也一样，去的时候总是兴奋雀跃，回程时都呼呼大睡。没有一次例外。

好。我折起地图，放进皮包。调整心情后，重新走回座位。

刚才那两个大婶似乎改聊韩国明星了：“结果，李秉宪就出现了。”

至少胜过讨论她公公的尿布。我这么想着，坐了下来。

“这位小姐，我是不是在哪里见过你呢？”坐在窗边的大婶突然问我。

“啊？不，应该不太……”我想要掩饰。

“不不不，绝对见过，我绝对认识你。我们在哪里见过？”

“会不会是上过同一个游泳班？”坐在通道旁的大婶随口问道。

“啊，有可能。今天不是穿泳衣，也没有戴帽子，所以认不出来了。”

窗边的大婶呼应道。

“不，不不，你认错了，我没有上过游泳班。”我用力在脸前摇着手。

“是吗？那就太奇怪了，那是在哪里……”

“啊！快啊，快啊，你看！”通道旁的大婶突然叫了起来。

窗边的大婶和我同时看向窗外，通道旁的大婶指着天空说：“那里的雨云移动速度很快，恐怕会下雨。”

我向通道探出身体。“你看那里。”我看向那个大婶手指的方向。那是新干线前进的方向，也就是角馆那一带。雨云正以惊人的速度集结。我瞪大了眼睛。

“不会吧，怎么可能？我要去的地方，竟然会下雨。怎么会有这种事？”

通道旁的大婶问：“什么意思？”

“大家都叫我‘晴天女’，而且是‘超级晴天女’。”我回答说。

“啊！我知道了！”窗边的大婶大叫起来，“你是气象小姐！第七频道晨间新闻的气象小姐！”她又随便乱猜了。

“气象小姐，你也要去角馆吗？角馆地区今天不是晴天吗？你的预告一点也不准，怎么办？”

车内响起了轻快的音乐：“本列车即将抵达角馆，搭乘田泽湖线的旅客，请在本站下车。请下车的旅客……”车内传来广播声，窗外的天空渐渐变成了灰色。我怀疑自己的眼睛。

一滴豆大的雨点打在窗户上，转眼之间，整个车窗都被水滴淹没了。两个大婶泄气地叫着：“啊哟哟哟。”

“哇，好大的雨。为什么下这么大的雨，而且偏偏是今天……对不对？”通道旁的大婶转头对我说。

我也想问这个问题。

“但也没办法，下雨有下雨的风情，俗话不是说‘赏花并非盛开时，赏月并非满月时’吗？”

“啊哟，这句话不太对吧。”

两位大婶拎着大行李袋，分别对我说道。

“反正，不必失望。既来之，则安之。来都来了，就乐在其中吧。”

“这位小姐，也祝你旅途愉快，希望傍晚之前，天气会放晴。”

两位大婶很积极开朗。没错，无论刮风还是下雨，旅行的大婶都很有活力。

大婶的这种顽强，我一丁点都没有。至少现在的我并没有。

我在沮丧什么啊？一定要拍摄晴朗天空下盛开的樱花带给真与小姐，一定要让因为下雨跌倒在泥泞中，被掌门人——她的父亲责骂的她挽回在父亲心中的形象。斗志、斗志，要靠斗志战胜一切。

我激励着自己，但是，我从来没听过斗志可以让天气放晴。

车门打开了，冰冷的空气吹进车内。穿着实美准备的风衣的身体忍不住抖了一下。

角馆车站笼罩在雨中。

“如果希望天空放晴，就要找丘惠理佳。因为她是‘超级晴天女’，可以击退任何雨云。”

“是啊，简直就像是‘太阳的女儿’。欢迎回来小姐真是太神奇了。”以前某次出外景时，市川先生曾经这么说道。

如今，这个太阳的女儿孤独无依，被淋成了落汤鸡。虽然自己已经老大不小了，但还是快哭出来了。

5

午安，我是代理旅人、欢迎回来小姐、旅人丘惠理佳。

今天我来到这里，秋田县的角馆。

现在这里是春天。东京正是樱花树枝头冒出嫩芽的季节，但东北地区的春天正旺，正是樱花盛开的季节，请看……樱花开得正旺！

我很有精神地说完旁白后，仰头看着天空，立刻有一滴特别大的雨滴打在我脸上。樱花树枝上的水滴被风吹动后，同时滴了下来。“呜啊啊！”我大声叫了起来，甩了甩头，水滴立刻四溅。

一个穿着雨衣，好像在指挥交通的大叔，在三脚架上的摄影机旁停了下来。他头上戴着好像浴帽般的塑料帽，一只手拿着红色指挥棒，打量了我半天后问：“你在这里干什么？”

“啊？”我不顾刘海滴着水，看着大叔，“你刚才说什么？”

“我问你在干什么？”

这里不是可以自由参观的武家屋敷的庭院吗？……难道不可以随便进来吗？

“对不起，我马上离开，可不可以让我再补一个画面？”

大叔掀起我盖在摄影机上的透明塑料布。“啊，不要碰！”我整个人往前冲。

“那是我借来的……不，我还在录像，请你不要碰。”

“下这么大的雨，怎么录像？樱花就是要在晴天的时候拍，否则就失去了意义。”

没错。在这场倾盆大雨中，无论枝垂樱多么竞相绽放，都很难感受到这份美丽。而且，目前的状况和委托人真与小姐在数年前所经历的完全一样。

请你一定要看看蓝天下，灿烂阳光下盛开的樱花。

我很希望去旅行，在蓝天下欣赏盛开的樱花，哪怕只有一次就好。欢迎回来小姐，你可以代替我完成这个心愿吗？

“不行，这样根本无法完成真与小姐的心愿。”我忍不住泄气地说道。

雨衣大叔一脸纳闷地看着我，我避开他的视线，跑向摄影机，按了停止键。

“你连雨伞也不打，整个人都淋湿了，为什么在这种天气录像？”

我无法回答这种哪壶不开提哪壶的问题，从皮包里拿出手帕，擦拭着摄影机，然后撑起在车站买的、丢在泥地中的塑料伞。

大叔走了过来，递上毛巾说：“这个借你，另外，如果你需要，这个也给你。是那家店的茶券，去喝杯热茶，赶快把身体暖和一下。”

他右手递上毛巾，左手给我一张粉红色的票券。面对这突如其来的亲切举动，我慌忙鞠躬说：“谢……谢你。”

大叔开心地笑了起来：“人无法改变天气，那是无可奈何的事。赶快去喝杯茶，暖和一下身体。”

我被雨淋得湿透，浑身已经冷到骨子里。我把摄影机从三脚架上拆了下来，甩掉塑料罩上的水滴后折起来，放进小行李箱内。在我收拾东西时，大叔为我撑了那把塑料伞。

没错，人类的智慧无法改变天气。

我坐在武家屋敷旁那家咖啡店的窗边座位，茫然看着下雨的天空。数千的雨丝打在窗户上，怒放的枝垂樱在后方用力摇曳。

“唉。”我忍不住叹气。

我到底在干什么啊？竟然独自在这种地方喝茶。

小旅行家族的成员教了我自拍的方法，教了我旁白和演出的方法，教了我化妆和做造型的方法，还为我安排了行程，告诉我要怎么走，但这场雨让大家的努力都泡了汤。

口袋里的手机开始振动。是铁壁董事长打来的。他在我出发时明明扬言，在这趟旅行期间，他不会打电话给我。我很不甘愿地接起了电话。

“喂？你那里该不会在下雨吧？”董事长劈头问道。

我回答说：“就是在下雨。”

“喂喂，怎么了？你不是太阳的女儿吗？虽然天气预报说，东北地区在下雨，但我不相信有这种事，所以才打了这通电话。这和原本的计划差太多了。”

“我既不是太阳的女儿，也不是天照大神，没有任何神力，只是普通的旅人，我无法改变任何天气的事。”

我豁出去了。

“你可不是普通的旅人，而是肩负使命的‘职业代理旅人’。”他立刻纠正我。

“你给我听好了，无论如何，都要拍到蓝天和樱花，如果没有拍到，就不算是完成工作，酬劳一元也拿不……”说到一半，他吐槽自己说，“喂，这不是重点啊。总之，为了完成委托人的心愿，必须拍到晴天。你回想一下，鸦野太太和真与小姐对你有多期待，听好了，这次旅行关系到鸦野父女关系能不能破冰。不管是火供也好，做祈晴娃娃也好，或是拜狐仙也没关系，反正能拜的就拜，能求的就求，一定要让天气放晴。晴天，晴天晴天，晴天晴天晴天晴天！”

电话突然挂断了。我忍不住瞪着手上的电话。

我用手机查了好几次天气预报，角馆地区都是下雨。窗外也是一片雨景，让我看得想要哭了。我查了明天的天气预报，结果也是雨天。前途一片黑暗。

怎么办？可能这次的行程必须延长一两天了。虽然必须花费更多经费，但只能和望乃联络，请她同意更改计划了。

但是，考虑到真与小姐的病情，就无法这么优哉游哉，必须早日回东京，赶快向她报告，而且必须能够激发她活下去的勇气。

第一次去真与小姐的病房，正式接受代理旅人委托的那一天，在回家的地铁上，铁壁董事长有感而发地对我说：

惠理佳，你接下了艰巨的任务。

你的报告可能会让真与小姐失望，导致她的病情更加恶化。

相反地，也可能激发她活下去的勇气。她也许会希望继续活下去，越活越好，再次和父母一起去旅行。不光是真与小姐，她的父母也一样。

目前对他们一家人来说，是很关键的时刻，所以无论如何，这次都必须是一次出色的旅行。

我回想起董事长的话，没错，我抬起头。

我不能沮丧，要继续旅行，而且要积极向前。

我在皮包内翻找，找出了旅游书和地图，摊在桌子上。

我要寻找这附近的樱花胜地，而且要没有下雨的地方。我记得弘前城是赏樱胜地。现在搭电车过去，只要抵达的时候放晴……弘前之前几站的大馆也有赏樱胜地。

我打开手机，想要查天气时，手机再度振动起来。液晶屏幕上显示了一个陌生的电话号码。我纳闷地按下通话键。

“丘小姐吗？这里是玉肌温泉。请问你今天会如期来入住吗？”电话中传来一个年轻男人的声音。

原来是订的旅馆打来的确认电话。

我回答说：“对，我会如期入住。”

回答之后，又突然想到一件事：“啊，等一下，我现在可能要去弘前一趟，然后再去你那里，时间可能会很晚，没关系吗？”

“啊？要很晚吗？那还是住在弘前比较好，今晚这里会下雪。”

我怀疑自己听错了：“什么？下雪吗？现在不是快五月了吗？”

“这里是深山，五月也会下雪。总之，如果时间太晚，最好还是不要过来，所以要帮你取消吗？”

“啊，等、等、等一下！我要先查一下弘前那里是不是晴天再决定，然后马上打电话回复你。”

说完，我挂上了电话，立刻查了弘前观光协会的电话号码，然后打电话过去询问。对方告诉我，从现在到晚上都会一直下雨。

下午三点半。我在田泽湖车站前租了车，在雨中驶上山路。我完全更改了第一天下午的行程，放弃了雨中的角馆，直接前往玉肌温泉。即使今天下雨，也许明天就放晴了。如果角馆不行，我可以去盛冈，或是继续北上，一定要在放晴的地方拍到盛开的樱花。为了赌这种可能性，今天的重头戏改成在下雪之前赶到位于深山里的玉肌温泉。

在上车之前，我打电话问旅馆的人："现在还没有下雪吧？"刚才打电话给我的年轻人回答说："还没有下。天空比刚才亮了些，可能会放晴。你要不要放弃这种深山地方，干脆去弘前？"

"不不不，我要去你们那里，我已经到田泽湖车站了，现在就出发。"我慌忙回答，"请问你们那里的樱花开了吗？"

"开了，从车站开始的沿途都开了很多。如果你想看樱花，不要来这种深山，角馆和弘前更理想，你要不要去那里？"

"我知道。虽然我知道，但我还是会去你那里。"

好似拒绝的对话让我有点心浮气躁，声音也忍不住严厉起来。啊哟，不行，这样可不行。无论遇到任何事，都要处变不惊，不慌不忙。这才是旅行的意义所在。

因为和旅馆的人有了这样的对话，所以我决定立刻赶去玉肌温泉。天空一点都不明亮，感觉比角馆地区更乌云密布，而且雨也下得更大了。车站外的那条路上，的确有不少樱花树，染井吉野樱被雨淋得湿透，开了七分花的树枝寂寞地在雨中摇晃着。

路越来越窄，渐渐驶入了又窄又弯的山路，让人很担心万一对向来车怎么办。虽然还不到下午四点，但天色已经很暗了，挡风玻璃慢慢起了雾，可见车外的空气越来越冷。

我突然发现有白色的东西飘落在缓缓摆动的雨刷器上，我以为我看错了，但白点飘啊飘、飘啊飘地飘落，而且越来越多。

啊……我握着方向盘，好像小孩子般张大了嘴。

是雪。

虽然令人难以置信，但真的下雪了。而且并不是飘几片小雪而已，是大雪。我放慢了速度，身体倾向挡风玻璃，张着嘴巴开车。前方很快就没路了，我驶进了停车场，急忙把车停好。

下一刹那，我突然灵机一动，拿出摄影机，拍下了眼前的风景。

这里并不是委托人指定的角馆，眼前所看到的也不是怒放的樱花，但这是完全意想不到，而且令人窒息的美景。我不想错过这个瞬间。

我用力打开车门，跑出停车场。虽然才刚下雪，但周围在转眼之间，已经变成一片白皑皑的雪景。我右手举着摄影机，按下了录像键。哔嗒。开始录像的信号响了。我用摄影师安藤先生教我的方式，将右臂腋下夹紧，缓缓地从左向右，缓缓地、缓缓地沿着水平方向移动摄影机。

“太难以置信了……竟然是雪，竟然下起了雪。今天是四月二十五日，这是一场春雪。啊，太美了，真希望可以在这片风景中融化……”

我小声说着旁白，然后从右向左，缓缓地沿着水平方向移动……咦？有人站在那里看着我……

我抬起原本看着摄影机屏幕的视线，看着前方稍远处。飘舞的雪中，有一个二十多岁的男人只穿了一件黑色帽衫，站在那里看着我。他穿着磨破的牛仔裤，原本以为他脚上穿的是时下流行的靴子，仔细一看，是黑得发亮的橡胶雨靴，右手上拎着另一双橡胶雨靴。

我不由得紧张起来。他身材瘦高，毛线帽下露出了鬈发，那双细长眼睛露出炽热的眼神看我，好像会把眼前的白雪融化。一股电流贯穿我的身体，但现在不是怦然心动的时候。

那个人一直看着我。难道他发现了我是艺人吗？

我无法正视他深邃的目光，移开了视线，准备转身回车上。

“你是丘小姐吗？”突然听到自己的名字，我很有精神地回答：“是！”年轻人的嘴角立刻露出了笑容。

“啊，真是太好了。我是玉肌温泉的人。雪下这么大，我还担心你路上发生了危险，所以有点担心，跑出来察看一下。”

“啊？玉肌温泉的？……”

年轻人点了点头，走到我车旁问：“你的行李呢？”

我回答说：“啊，在后车座上。”

年轻人打开后车门，把小行李箱和托特包拿出来后，关上了车门说：“那你跟着我走，从这里沿着坡道往下走大约五分钟，小心不要滑倒了。啊，你的鞋子不行，我带了雨靴过来，你换上吧。”

旅馆的年轻人不由分说地要求我换上长雨靴，捡起我脱在地上的低跟鞋，分别塞进帽衫两侧的口袋后，迈开大步伐。我慌忙跟了上去。

玉肌温泉果然是远离尘嚣的秘境中的温泉，老旧的旅馆坐落在一片浓密的树林中间，静静地伫立在河畔。走过架在河上的小桥，终于来到旅馆门口。年轻人在飘舞的雪花中，双手拎着我的行李走过那座桥，冲破这片白茫茫的风景，在身后留下一个又一个有力的脚印。我猛然停下脚步，举起了摄影机。

我第一次发现，人走路的背影可以如此优美。我想和真与小姐分享这个瞬间。

年轻人走过桥后，回头看着我。看到我正在拍他，随即把手上的行李放在桥头，又沿着那座桥，对着摄影机大步走了回来，然后对着镜头伸出手说：“借我一下。你拍我也没用，我帮你拍。”

我不知所措，他从我手上把摄影机抢了过去。

“来吧，你从桥上走过去，不要回头，一直往前走。”

哔嗒。录像的声音开始了。我对着镜头嫣然一笑后，开始直直向前走。

不知道多久没有体会有摄影机在拍我的感觉了，这种感觉让我很怀念，也很舒服。

他说他是旅馆的工作人员——但拿摄影机的样子和录像的节奏，让他看起来不像是外行人。不过……我真是太幸运了。没想到在这种偏僻的地方，竟然可以遇到这么英俊的年轻人。

这时，三个小孩大叫着从玄关冲了出来，我吓了一跳。他们从我身旁跑了过去，跑向正举着摄影机的年轻人。

“爸爸，下雪了，下雪了！”

“打雪仗了！爸爸，来打雪仗！”

爸……爸爸？！

“好了好了，你们没看到有客人吗？等一下再玩。我不是说了，要等一下吗？你们这样拉我，摄影机……啊哇哇。”

身后传来扑通一声，年轻的父亲跌进雪地，高举双手做出万岁的姿势，但双手保护着摄影机。

玉肌温泉的食堂。

入夜之后，窗外一片白雪的世界。取暖器烧得很红，上面的大水壶不停吐着蒸汽。玉肌温泉第三代温泉管理人玉田大志的大女儿，五岁的雪菜坐在我的腿上，一边看着美男子艺人演的节目，一边兴奋地说：“雪菜要当他的新娘子。”

雪菜的两个哥哥，七岁的太郎和六岁的次郎分别坐在我的两侧，聒噪地起哄说：“他是美男啊！”

“你才不可能当他的新娘子！”

“太郎、次郎！客人还在吃饭，你们去太奶奶的房间看电视。雪菜，你也不要一直坐在客人身上。”

大志先生拿着热水瓶和大茶壶走了进来，向我道歉说：“对不起，这么小的孩子真的很吵闹。”

“爸爸，雪菜喜欢美男，她只喜欢美男！”太郎说着，打向年幼妹妹的脑袋。

雪菜立刻哇哇大哭起来。

“啊哟啊哟，别哭别哭，不要哭了。”我把雪菜抱了起来。

“哥哥，喜欢美男有什么不好，女生都喜欢美男啊。”这个少年为什么会知道“美男”这种字眼？我忍不住反驳他。

“太郎，姐姐说得对。”大志先生也附和道，“你妈妈也是美女，所以才会跑掉，你懂吗？”

谈话渐渐往奇怪的方向发展。看到两个哥哥沮丧的样子，我急忙对他们说：“对不起噢，姐姐快吃完了，等一下我们一起玩吧？你们要不要先去太奶奶房间看电视？”

两个哥哥用力点头，牵着抽抽噎噎的妹妹走出了食堂。

大志先生把热水瓶中的热水倒进茶壶，小声地叹息说：“早熟的孩子真伤脑筋，在这种深山里，没有人陪他们玩，所以他们很喜欢找客人玩，结果就变得很早熟。会来这家旅馆的，几乎都是一些与众不同的大人，时间充裕，心情也很放松，经常陪这几个孩子玩，真的是帮了大忙。”

说完，他又苦笑着补充说：“照理说，应该是我们帮助住宿的客人，没想到反而得到了帮助，真是太不应该了。”

我也跟着笑了起来，非常能够体会这个年轻的父亲照顾这几个年幼孩子的辛苦。

大志先生很自然地聊起了自己和那几个孩子的身世。

大志先生的父亲是玉肌温泉第二代温泉管理人，大志是家中独子，年幼丧母，父亲和奶奶一手把他带大。成长过程中，也备受造访旅馆的客人的疼爱。在一位喜欢拍摄大自然的摄影师老主顾启发下，他从小学生时代，就对摄影产生了兴趣。随着秘境温泉流行，这个偏僻的温泉也上了电视。大志先生对自己的日常生活成为影像，出现在电视上感到兴奋不已。

他想去东京学习摄影，在本地读完高中后，不顾期待他继承家业的父亲的强烈反对，只身前往东京，进入影像专科学校就读，刻苦用功，梦想自己拍摄的影像有一天会在电视上播出。

“啊，难怪。”听到这里，我终于恍然大悟，“刚才看你拿摄影机的样子，就觉得你不像是外行人，果然是职业的。”

“不，我在成为职业摄影师之前就回来了。”大志先生抓着一头鬈曲的长发说。

虽然他从专科学校毕业，却无法找到理想的工作，最后好不容易找到一家专门制作学习拍摄录像带的小型制作公司。公司内只有三名员工，大志先生必须负责从跑腿到洽谈摄影棚、演员和会计的所有工作，一个星期工作七天，这种生活持续了两年。

他在那家公司期间，从来没有碰过摄影机。无法成为摄影师，最后当上了父亲。

对方是来学习拍摄录像带的舞台剧女演员，比他年长。虽然五官并不出众，但演技很好。她很刻苦努力，希望有朝一日，能够成为女主角。两个人在不知不觉中陷入了热恋。他相信只有自己能够把她的世界拍得最完美，于是向她求了婚。

她很干脆地说了“YES”，然后就搬进了大志先生的公寓——还带了两个年幼的儿子。

“太郎和次郎是她带来的孩子，在她怀了雪菜后，我们就回来了。”

“虽然无法成为女演员，但可以扮演好旅馆的老板娘。我会努力做好！”

大志先生被她说服后，回到这里。他们带着三个年幼的孩子在东京的生活也已经快撑不下去了。

“结果回来不到两年，她就爱上了美男客人……然后就走了。”

大志先生的父亲原本就无法接受独子当年不告而别，又不打一声招呼就带着媳妇回来，虽然大志先生的奶奶努力为他说好话，但他们父子关系迟迟无法改善。当几个年幼的孩子为了找突然消失的妈妈而伤心不已时，大志先生的父亲紧紧抱着他们说：“别担心，别担心，爷爷会保护你们，会一直陪在你们身边，不要哭。”

大志先生的父亲在说话时，也流下了眼泪。

大志先生的父亲已经离开了人世。去年遇到雪崩，毫无预警地离开了。在父亲去世之前，他们父子之间仍然没有完全冰释。

“原来是这样……所以现在你和奶奶两个人经营这家旅馆？”我用带有一点鼻音的声音问。

“嗯，是啊。中元节和过年的时候，会请亲戚朋友来打工帮忙……厨房都由我奶奶负责张罗，打扫、洗衣服、采买和订房所有的事，都由我负责。奶奶很照顾我们，也给她添了不少麻烦……真的很感激她。”

这个年轻的父亲很爱他的奶奶，努力工作，照顾三个孩子。真希望东京那些整天在玩的二十多岁的年轻人都可以听到他刚才那番话。

“你以后不会再回到摄影的世界吗？”我忍不住问道。

他因为现实因素放弃了梦想，内心一定感到遗憾。大志先生露出落寞的表情，随即喃咕：“即使我想回去，也已经回不去了。”他抬起头，一派轻松地说：“但是，几个孩子在东京就无法像这样在大自然中长大了，而且，看到来这里住宿的客人都满意而归，也是一件开心的事。所以，当客人再度光临，能够对他们说一句‘你回来了’，就会发自内心感到高兴。”

这句话充满了身为这家温泉旅馆接班人的自豪。

旅人为了接触大自然，为了让水质柔软的温泉疗愈自己，千里迢迢地来到这家深山内的老旧温泉小旅馆。大志先生点亮了旅馆的灯，说声 “你回来了”，迎接这些旅人的到来。

他的父亲应该在默默守护他，看着他怎么努力，怎么珍惜这家旅馆，珍惜前来投宿的旅人。

所以，他们父子关系早就冰释了。虽然我很想这么告诉他，但实在太害羞了，我说不出口。

哔嗒。

（咚）……啊，好痛……啊哈哈，我不小心撞到头了，这算是以头击墙吧。看看这个房间……是不是很小？呃，差不多只有一坪[1]大，

① 土地或房屋面积单位，1 坪约合 3.3 平方米。——编者注

没错，这里以前是“被子房”。

不过，身处这个房间时，我心情很平静。铺了被子后，房间就满了，只要我翻身，头就会狠狠撞到墙壁，有一种窝在巢里的感觉，感受到窝在温暖房间里的幸福。

因为外面……(嘎嗒嘎嗒嘎嗒)啊，窗户终于打开了。看，啊，好冷！外面正在下雪。

好了，终于到了等候已久的温泉时间了。（嘎嗒嘎嗒嘎嗒）哇，真的好冷！光是走出房间，来到走廊上，就觉得快冷死了。看，连吐出来的气也都是白色的。哈，我已经说了好几次，现在是四月下旬，真的难以相信。（啪嗒啪嗒）啊，这里是我刚才吃饭的食堂。呃，这里是玄关，去温泉时，要先走出玄关。好，那就去看看。

哇，好棒呀！这里的光线很亮，虽然是晚上，但还是这么亮。雪有这么亮吗？（沙沙沙）接下来，要带着摄影机……偷偷潜入露天浴场！

我嘀嘀咕咕着旁白，举着摄影机走去露天浴场。如果被人看到，一定会觉得我是危险人物。我在更衣室前暂时停止录像。

我打算抱着誓死的决心报道露天浴场的情况，幸好今天除了我以外，并没有其他客人，但旅馆方面或许感受到我的想法，故意让我住在最小的房间。我想起真与小姐双眼发亮地对我说，玉肌温泉“真不错，我很想去”。

更衣室里和外面一样冷，我三两下就脱光衣服，用毛巾遮住前面，一手拿着摄影机走向露天浴场，一打开门，风和雪就吹了进来。

“呃啊，好……好……”

好冷！我马上用温泉水冲了身体，高举着摄影机，跳进了浴池，立刻吐了一口气。温泉的温暖传遍全身，那是最舒服的瞬间。

“太幸福了，所以旅行才让人欲罢不能啊。”我喃喃自语着，猛然想起一件事。

我把三脚架忘在更衣室了。我打算自拍人生第一次入浴镜头，把在电视剧《水户黄门》中整天都在入浴的由美熏比下去，所以必须设置三脚架。我急忙走出浴池，整个人顿时感觉快结冰了。

呜呜，我太笨了……竟然一丝不挂地架摄影机，快要冻死了。

虽然这么想，但我懒得再穿衣服，所以全身光溜溜地做准备工作。把摄影机放在三脚架上，设定在高感度模式，决定角度……

“啊，如果动作不快点，我就要冻死了。”我忍不住很没出息地叫了起来。

这时，更衣室那里传来说话的声音：“发生什么事了吗？”

哇，是大志先生。

“没事，完全没……”说到这里，我脚下一滑，整个人跌进水里。

入口的门打开了，大志先生探头进来：“你没事吧？！”

我从混浊的温泉中探出头，勉强回答说：“没……没事。”

“啊，真是太抱歉了。”大志先生慌忙把头缩了回去，然后用充满歉意的声音说，“呃……不好意思，浴场内禁止摄影。”

他停顿了一下又问：“你为什么要在这种地方摄影？”

他会产生这样的疑问很正常。自拍入浴，被人视为变态也只能自认倒霉。我只好回答说：“因为受人委托。”

“委托？”他发出意外的声音。

“但并不是委托我拍入浴的镜头，因为某种原因，我目前正在代替无法出门的人旅行，说起来，就是所谓代理旅人，所以要拍下旅行的记录，然后送到委托人的手上。”

更衣室内静悄悄的。大志先生可能难以理解。这也难怪，因为他可能从来没听过“代理旅人”这个名词。

我豁出去了，对他说：“大志先生，呃……我可不可以拜托你一件事？……你可以来这里，帮我拍二十秒吗？”

五秒钟后，大志先生不安的脸从门后探了出来，战战兢兢地问：“我可以进去吗？”

我笑着对他点头。

没想到我竟然会在这种地方请别人帮我拍裸露镜头，但是，我记得古人说过，旅途的羞耻不是耻，所以没什么好计较的。

“那我拍啰。”大志先生右手举着从三脚架上拆下来的摄影机说道，我再度点了点头。大志先生伸出左手，依次弯下每一根手指。五、四、三、二……

哔嗒。

啊，真是太舒服了！这是赏雪露天浴，雪花飘进混浊的温泉水中融化了……

好安静，好温暖。我和大自然正慢慢地、渐渐地融合在一起。

取暖器上的水壶吐着白色蒸汽。泡完澡的我喝着啤酒，大志先生和我面对面坐在食堂的餐桌前。

“原来是这样，那位委托人应该很想看到蓝天下盛开的樱花。”

大志先生毫不隐瞒地告诉我他的家庭状况，还为我拍摄了赏雪浴的美景，所以我在允许的范围内，把这次旅行的事告诉了他。委托人因为罹患重病无法出门旅行，最后一次全家旅行时，和父亲之间发生了摩擦，至今仍然无法冰释。得知我从事影像方面的工作，一年四季都在旅行，所以委托我代为旅行，最希望我能够拍到晴天下盛开的枝垂樱。

虽然告诉他很多这次旅行的情况，但并没有提到我的个人情况。我知道大志先生应该不是这种人，但有不少人一旦得知对方是艺人，前后的态度就会大不相同，我不想破坏愉快的聊天气氛。

大志先生静静地听完后说："但天气的事，谁都无能为力。"

"是啊，我也不是天照大神，没办法改变天气。"我叹着气嘀咕。

大志先生轻轻笑了起来："丘小姐，不管是下雨还是下雪，只要你发自内心地乐在其中，努力把旅途的所见所闻拍下来，委托人一定会很高兴。"

我抬头看着他，他一双细长的眼睛温柔地看着我。我不敢正视他，慌忙移开视线。

"是吗？如果不是她想要的影像，这趟旅行可能就失去了意义。"我终于把努力想要甩开的想法说了出来。我最害怕真与小姐对我说，这次的旅行没有任何意义。

"旅行怎么可能没有意义？"大志先生静静地说。

"我每天在这里，遇见基于各种不同的目的，从各地来到这里的旅人，也有很多人没有任何目的，也有些人搞不清楚他们在干什么，但在离开时，都会有所发现。"

"你不觉得出门旅行，就已经有了意义吗？"

虽然大志先生的话很淳朴，但这位从小时候开始，就曾经迎接了数百人、数千名旅人的温泉管理人所说的话语，充满了打动人心的真诚，有一种疗愈旅人的温暖。我把他的话牢牢记在心里。

“对了，刚才温泉水直到最后都很混浊吗？”大志先生突然问道。

我偏着头纳闷，但立刻想了起来：“对，我刚才就觉得很奇妙。一开始水很混浊，但我快泡完的时候，好像就变得透明了。”

刚才泡温泉时，我进进出出差不多有一个多小时，把身体泡得很暖和，惊讶地发现温泉水的颜色渐渐发生了变化。

“很好，”大志先生露出满意的表情，“丘小姐，明天记得早起，天气一定会放晴。”

“啊！”我忍不住惊讶，“天气预报不是说会下雨吗？现在也……”

我打开手机，想要看天气预报，他对我说：“不用看了，不用看了，你明天可以回角馆拍盛开的枝垂樱。啊，拍樱花的时候，记得要从下面拍，像这样向后仰，花瓣的特写要像这样……”

他单手拿着摄影机开始为我上摄影课。我去房间内拿了笔记本，把他的建议写了下来。我们聊着，笑着，我又去自动贩卖机买了一罐啤酒。

外面下着雪，一直静静地下着雪。

“姐姐，姐姐，赶快起床，要吃早餐了！”

听到连续的敲门声，我终于坐了起来。因为睡得太舒服了，完全不知道自己身在何处。听到门外一直有人叫“姐姐”，我才终于想起目前在玉肌温泉。

打开门，三个孩子立刻冲了进来。

“哇噢，你们一大早就这么有精神。”我苦笑着说道。

“赶快去吃早餐，然后我们来做雪人！如果不赶快去，雪要融化了！”

“姐姐，今天出太阳了！爸爸叫我来告诉你！”

我起身打开了窗户，寒冷的空气吹了进来，还有……

“啊！放晴了！”

一片银色的世界让人睁不开眼，阳光普照。我大叫了一声，紧紧抱住了站在一旁的雪菜。“快去，快去。”我在三个孩子的催促下，光着脚走到楼下的食堂。

“早安，怎么样？是不是放晴了？”

大志先生拿着饭桶走了过来，我情不自禁扑过去抱住他。

哔嗒。

“啊？可以了吗？已经开始录了吗？好，啊哼。真与小姐，我是玉肌温泉的大志。我这里的温泉很神奇，之前就听老人家说，如果水一直很混浊，第二天就会下雨；如果水变清澈，第二天就是好天气。昨天，欢迎回来小姐泡澡时，水变清澈了，所以今天是大晴天。欢迎回来小姐等一下要去角馆为你尽情拍摄盛开的樱花。啊，还有，真与小姐，希望你和你的家人来我的温泉走一走，这里的泉质很棒，我很自豪。随时都欢迎你来，我在这里等你。”

“真与小姐，我是大志的奶奶。这里虽然是乡下地方，但可以吃到新鲜的鱼和野菜，欢迎你来这里，等你噢。”

“我是太郎。”

“我是次郎。”

“我是雪菜。”

“一、二、三，真与姐姐，欢迎你来。”

玉肌温泉的一家人在雪后的晴朗天空下为我送行，他们也入了镜，很有精神地向真与小姐挥手。

我和奶奶频频相互鞠躬，紧紧抱着每一个孩子，最后站在大志先生面前。

“路上小心，去拍下樱花最美的画面，下次回到这里的时候，记得给我看。”大志先生说。

我用力点头，然后和他紧紧握手。

大志先生的手有二十多岁的年轻人特有的骨感，又大又温暖，粗糙皲裂，那是踏实工作的人特有的手。

有那么一刹那，我不想松开他的手。但是，最后还是轻轻松开了。大志先生眯起了细长的眼睛。

拨掉挡风玻璃上的积雪，发动了引擎，慢慢驶向积雪的道路。从后视镜中，看到大志先生、奶奶和三个孩子一直向我挥手，在车子经过第一个转角消失之前，他们一直挥着手。

当他们的身影从视野中消失时，我突然想到一件事。

刚才在录像的时候，大志先生好像提到欢迎回来小姐。

被他发现了吗？我耸了耸肩，但心里有点高兴。因为他直到最后，都把我当成是普通旅人。

没错，我现在不是艺人丘惠理佳，只是一个旅人。

有人在等待我的归期，有人在等待冰释的日子。我是为了他们而持续踏上旅程的旅人。

6

四月二十九日，东京的天空提早出现了五月晴朗的好天气。

我和铁壁董事长离开了这片蓝天，沿着楼梯走进地铁车站。董事长像往常一样，在我前面五步的位置快步向前走，我一路小跑跟在他身后。董事长转眼之间就走过了自动验票口，我因为IC卡的余额不足被挡住了，急忙对着头也不回的董事长的背影叫着："等我一下嘛。"

"你在干吗啊？动作快一点，快迟到了。"

他已经连续两天两夜没合眼了，但精神特别好。我急急忙忙为IC卡充了值，经过自动验票口，在与站在月台上的董事长保持一小段距离的位置上停了下来。

"干吗？为什么故意保持距离？"董事长立刻问道。

"不是啦……"我含糊其词。

因为董事长太奇怪了。姑且不论他身上三件式双排扣的西装完全不符合目前的季节，手上还紧紧抱着一个长方形的东西。用绿底白色唐草图案的方巾包起的那个东西，看起来就像是舞台道具般夸张。

"那个实在很奇怪啊，看起来像小偷，或者说像学徒……"

"我当然知道很奇怪，"董事长完全豁出去了，"因为里面是重要的货物，是代理旅人、欢迎回来小姐初次的成果，夸张一点刚刚好。"

说完，他紧紧抱着唐草图案的包裹。里面是一台最新型的笔记本电脑。在经纪公司的财务已经捉襟见肘的这个时候，他带着破釜沉舟的决心，买了这台电脑。

今天是代理旅人、欢迎回来小姐初次任务的交货期，我要和董事长一起去真与小姐和鹈野太太正在等候的医院，在病房内打开这台电脑，让真与小姐和她的母亲验收董事长花了整整两天时间，几乎没有合眼而剪辑完成的《代理旅人 欢迎回来小姐・角馆篇》的 DVD。

原本董事长打算带小型电视和 DVD 播放器到病房，让真与小姐母女看这次旅行的成果，但接到了关心事态发展的导播市川先生打来的电话。当董事长提到验收成果的方法时，导播市川先生说："你在说什么啊？而且在验收之前，你要先剪辑啊，拿小丘拍的影片去验收，一看就知道很外行，原本该感动的场面也会笑出来。"

董事长说，他听了之后，才想到需要剪辑这件事。等一下，到底由谁负责剪辑？

"剪辑作业顺利吗？"我和他并肩坐在地铁千代田线的座位上时问道。

他一直忙到出门之前，所以并没有给我看他剪辑的内容。虽然觉得不让当事人在交货之前确认一下成果似乎有问题，但老实说，我也不太敢看。

我第一次拍摄，铁壁董事长也是第一次剪辑。第一次使用最新型的电脑，也是第一次带着电脑出门。今天早上，才发现没有皮包可以装重要的货物——董事长并不是称它为 DVD 光盘，而是把播放 DVD 光盘的笔记本电脑称为"货物"，顿时慌了手脚，望乃急忙去买了这块唐草图案的方巾回来。她辩解说："因为我只想到这种方巾可以包这么大的东西。"我觉得买这块唐草图案的方巾远比买一个电脑包费事多了。

“不……虽然自己说有点那个，但我觉得自己搞不好是天才，该怎么说，剪辑的效果很令人感动，好像在看《男人真命苦》最后一集的感觉。”董事长整个人仰在座椅背上，心满意足地说道。

我并没有反驳他说“没这回事，那是剪辑软件很出色”，而是对他说：“那是因为有市川先生和奥村来帮忙吧？也是市川先生建议你，应该买一台新笔记本电脑。”

他们都心神不宁地等待我从角馆回来。不光是铁壁董事长，小旅行家族的所有人都很关心我第一次代理旅人工作是否顺利。导播市川先生和助理导播奥村、摄影师安藤先生，还有小光和实美，都算准我抵达东京车站的时间，纷纷发短信关心我。情况怎么样？天气还好吗？顺不顺利？当我回短信问他们，虽然顺利拍到了在蓝天下盛开的樱花，但可以直接拿去交给委托人吗？市川先生慌忙打电话给我：“别急别急别急！”然后在忙碌的工作中抽出时间，带着奥村一起赶到万代屋。

“铁壁先生，你必须知道一件事，影像的好坏，取决于最后剪辑的品位。”市川先生坐在奥村去秋叶原买回来的最新型笔记本电脑前，对铁壁董事长说。

“代理旅人的主持人——欢迎回来小姐的能力是五，但她的摄影和导演能力是零，也就是说，必须靠剪辑补足剩下的五，让整部片子有十的效果。如果舍不得花钱买最新型的笔记本电脑和剪辑软件，根本没办法做事。”

虽然“摄影和导演能力是零”这句话让我耿耿于怀，但他说得没错。铁壁董事长虽然完全没有计算机知识，也从来没有任何数字技术的经验，但他信心十足地说，既然这样，那就只能随机应变了。

然后，董事长就在董事长办公室内关了两天两夜，还用潦草的字体写了一张“禁止入内”的纸贴在门上。他异常投入的态度反而让人担心。

“怎么办？他连饭也不吃，一直关在办公室内。”

我打电话给市川先生，被他嘲笑了一番。

“铁壁先生搞不好从此成为计算机宅男了。他可能不是在剪辑，而是沉迷于玩游戏。”

听到他这么说，我更加担心了。

验收成果的日子终于到了。

董事长坐在地铁的座椅上，把唐草图案的包裹放在腿上，看着挂在车内的广告。我心不在焉地看着车门上方的 LED 信息显示器预告了下一站的站名，我们之间的气氛有点紧张。

我的旅行、董事长的剪辑，真与小姐会感到满意吗？

我突然想起昨天晚上和鹈野太太在电话中的谈话。

“我请掌门人去医院看真与，请他一起看你去角馆拍摄的影像，但他就是不点头，而且还说了很过分的话……”

因为她的声音太消沉了，我无法不问她：“请问掌门人说了什么？如果不介意的话，是否可以说出来？”

鹈野太太沉默片刻，然后小声地说：“他说我不知羞耻。”

“不知羞耻？”

“对。他说我把女儿的病情告诉外人，而且还把外人卷入家丑……叫我要知耻。”

我说不出话。

难以想象掌门人会对家人说出这么冷漠的话。我一时不知道该怎么回答，有点不知所措。

掌门人和鹈野太太、真与小姐之间的鸿沟竟然这么深，这么黑暗。

我的内心深处原本抱着乐观的想法。虽然我已经不红了，但好歹也是艺人，愿意代替他女儿去旅行，掌门人应该会觉得很有趣，也许可以成为他们父女冰释的契机。

当我了解到挡在他们父女之间的冰墙竟然如此厚重，在认识鹈野太太和真与小姐后，我第一次感到心情黯淡。

冰消雪融，樱花盛开。希望掌门人和真与小姐也能够迎接这一刻。

希望他们能够感受到这份心愿。

我带着这份心愿踏上旅程，从那天至今仍然如此希望，但是……

“喂，那一幕是谁拍的？”

身旁响起一个低沉的声音。嗯？我转头看向董事长，他看着前方摇晃的吊环，一脸怅然地问。

“哪一幕？”我问他。

“就是那个嘛……入浴那一幕。”他有点难以启齿地回答。

“啊，原来你是问那个。”我耸了耸肩，“呃……因为发生了一点状况，所以请玉肌温泉的年轻老板帮我拍的。”

“怎么回事？”董事长骨碌碌地转动着眼珠子，“你泡温泉的时候，和年轻老板一起吗？”

“对……不对，不是，但也可以说是在一起。不，不能说是在一起。”

“到底是怎么样？”董事长很不高兴地问。

“准确地说，他并不是和我一起泡，而是我泡的时候，请他帮我拍摄。”

我一口气向他说明了在露天浴池发生的事。我脱光衣服后，想要把摄影机架在三脚架上，结果脚下一滑，跌进浴池里。年轻老板大志先生问我发生什么事了，我向他说明情况后，请他帮我拍摄。同时，也告诉董事长，大志先生多么优秀。他在东京学摄影，他太太丢下孩子和其他男人私奔了。他继承父业，充满自豪地经营那家温泉旅馆。

说着说着，地铁慢慢接近新御茶水车站。

“啊，太可惜了，竟然快到了。”我叹着气说，“真想多告诉你一些事。角馆的事、玉肌温泉的事……告诉你我遇到了多么出色的人。”

我没有提到自己对大志先生怦然心动这件事。董事长轻轻拍了拍唐草图案的包裹，苦笑着说：“嗯，我太清楚了。因为我看了你拍摄的影像整整两天，我早就看出来，那个年轻老板是你喜欢的类型。”

我再度耸了耸肩。

地铁到了新御茶水车站。

“旅行期间不可以谈恋爱，如果想要进一步发展，要先向公司报告。”

“好，我知道，我知道。”

我们你一言我一语地沿着地铁站的阶梯走向地面。

在新御茶水车站附近的大学附属医院内，真与小姐住的特别病房所在的楼层果然飘着花香。

和一般病房相比，这个楼层的病房费应该昂贵多了。听说有很多政商界和演艺圈的人都住在这里。这个楼层在中午时间闻到的不是红烧鱼的味道，而是芳香的气味。连病房内的气味这种细节问题都处理得面面俱到。

“欢迎回来小姐，午安。鹈野太太她们正在等你。”负责真与小姐的护理师高仓小姐已经认识我了，她从护理站内走出来说道。

高仓小姐说，她不上班的时候经常看《小旅行》，从鹈野太太口中得知我代替真与小姐去旅行时，也充满了期待。她看着铁壁董事长小心翼翼地抱着的唐草图案包裹，开心地笑着说："好大的包裹。"

鹈野太太穿着雅致的水蓝色和服，站在走廊上迎接我们，感觉好像已经在那里等了好几小时。

她一看到我们，立刻深深地鞠躬，然后对我说了一句："你回来了。"

我突然有一种回家的感觉，一股暖流涌上心头。我也露出微笑说："我回来了。"

鹈野太太用力点了点头。

"快进来吧，真与已经等不及了。"

她请我们进入病房，我们踏进春天的暖阳隔着窗帘淡淡照进来的房间。

这里和第一次来的时候完全一样，真与小姐一动也不动地躺在房间中央的病床上，透明的氧气面罩紧贴着她的鼻子和嘴巴，我忍不住停下了脚步。

真与小姐的表情很空洞，身体状况似乎不太好。我有点不安。

我很想立刻走到真与小姐面前和她说话，但是，我无法做到，我无法直视沉重的现实，想要逃避的心情让我停下了脚步。铁壁董事长似乎也有同感，我可以感受到他在我身后一动也不动。

我看到真与小姐的眼睛微微转动了一下，我想要微笑，但脸上的肌肉无法放松。鹈野太太立刻走到病床旁，轻轻拿下真与小姐的氧气面罩，把嘴巴凑到她耳边。

真与小姐不知道说了什么，鹈野太太点了点头，然后又为她戴上了氧气面罩，回头对我说："你回来了。"

那一刹那，魔法好像解除了。我向真与小姐走了一步、两步，然后对她说了声：“我回来了。”

真与小姐的双眼露出了微微的，真的微乎其微的笑意。

“真与小姐，我把要给你看的影像带来了，是你委托的旅行成果，你要看吗？”真与小姐的微笑似乎鼓舞了董事长，他在我背后问道。

真与小姐的下巴微微动了一下，我转头看着董事长，代替真与小姐用力点了点头。

把桌子架在床架上后，董事长打开了唐草图案的方巾，从里面拿出了最新型的笔记本电脑。

“啊哟。”鹈野太太惊叫起来，“我刚才在猜里面包了什么，我还以为是相册呢。”

董事长和我相视而笑。

“你妈妈说得对，这是旅行相册，是欢迎回来小姐和你的旅行相册。”铁壁董事长探头看着真与小姐的脸说道，然后把笔记本电脑放在桌上，打开电源，移动画面上的光标，准备播放 DVD。

真与小姐用充满期待的热切眼神看着这一切，我屏气敛息地看着真与小姐的脸渐渐变得开朗，好像被一幅美丽的画所吸引。

“准备就绪……要开始播了，可以吗？”

铁壁董事长像小香肠般的手指在 Enter 键的正上方停了下来，真与小姐和鹈野太太目不转睛地看着一片漆黑的屏幕，好像凝望着没有星星的夜空。董事长瞥了我一眼，这是他在示意我。

我跪在地上，在真与小姐的耳边静静地告诉她：“那我们要出发了……请你和我一起前往春意盎然的角馆。”

四月二十五日　角馆

漆黑的屏幕上出现了白色的文字。不一会儿，传来哗哗的无情雨声。雨声越来越大，我的旁白响起。

“啊，终于到了。我正在角馆的武家屋敷前，太美了，这就叫作春意正浓……”

画面中立刻出现了仰角拍摄的怒放樱花，雨滴打到麦克风，发出啵啵啵的声音。镜头一下子就被雨水淹没了。

“啊呀啊呀，完了完了，镜头会被淋湿。怎么办？有这么多盛开的樱花……对了，可以用三脚架。把摄影机架在三脚架上，把镜头对着这里……”

画面中不断传来我的自言自语，窸窸窣窣地把摄影机架在三脚架上后，我跑进了画面，穿了一件白色风衣，站在樱花树前，吐出来的气都是白色的。我对着镜头嫣然一笑，轻快地说了起来：“午安，我是代理旅人、欢迎回来小姐、旅人丘惠理佳。

“今天我来到这里，秋田县的角馆。

“现在这里是春天。东京正是樱花树枝头冒出嫩芽的季节，但东北地区的春天正旺，正是樱花盛开的季节，请看……樱花开得正旺！”

我抬头仰望天空，立刻被积在树枝上的雨滴打到了。我大叫着：“呜啊啊！”

这时，鹈野太太忍不住笑了起来，铁壁董事长拼命忍着笑。董事长，为什么要把这个镜头剪进去？！我内心很想哭。

“你在这里干什么？”一个声音问道。“啊？”我的刘海滴着水。

董事长竟然把我和那个指挥交通的大叔之间的对话全都剪了进去。

“不，我还在录像，请你不要碰。”

“下这么大的雨，怎么录像？樱花就是要在晴天的时候拍，否则就失去了意义。”大叔一派悠然地说道。

我绝望地大叫着：“不行，这样根本无法完成真与小姐的心愿。”

真与小——姐！

我内心的呐喊变成了白色的文字出现在渐暗的屏幕上。鹈野太太忍不住出声笑了起来，铁壁董事长也笑了。

我看向真与小姐，忍不住轻轻“啊！”了一声。

她笑了。

真与小姐戴着氧气面罩，目不转睛地看着屏幕，她的眼睛在笑，宛如风吹拂的湖面，闪着熠熠光芒。

场景改变，画面上出现了车窗外的雨滴，分不清在拍摄风景还是雨滴。

“雨完全没有停的样子……”我叹着气嘟哝道。

“一踏进角馆，就开始下雨。所以今天干脆离开角馆，目前正前往玉肌温泉。……走在被雨淋湿的樱花树下，我一直想着，真与小姐也曾经走在这片风景中，和她的父亲、母亲一起走在这片风景中。”

叮咚咚、叮咚咚。画面中响起原声吉他宁静而温柔的音色。啊，我很喜欢这首曲子，是卡朋特兄妹的*I Need to Be in Love*。

雨中的角馆风景接连出现在屏幕中，然后又消失。淡灰色的天空下，被雨淋得湿透，仍然在枝头竞相绽放，带着朦胧感的樱花有一种静谧的美。

回想起来，旅行是偶然，也是一种奇迹。

和心爱的人一起旅行，在旅途中遇到好天气，看到盛开的樱花，那真的是奇迹。

我看到了盛开的樱花，但没有遇到好天气，身旁也没有心爱的人。

所以，真与小姐那天的旅行……在三个奇迹中，拥有了最重要的奇迹。

和父亲、母亲，自己最心爱的人一起旅行。虽然下着雨，但那应该并不重要。

因为她和最重要的两个人并肩走在这片风景中。

今天的我……现在的我……淋着雨，在内心紧紧拥抱真与小姐的心意。

然后继续这趟旅程。

旁白渐渐安静下来，雨中的车窗也慢慢从屏幕上消失了。接着出现的是……

"啊……怎么会？"鹈野太太嗫嚅般说道，她用右手捂住了嘴。

画面上是一片炫目的景象。

放眼望去，一片白茫茫的雪。春天的白雪照亮了画面的每个角落。

鹈野太太微微摇着头，似乎难以相信眼前的景象。

真与小姐的眼中映照着白雪的光芒，微微颤抖着。

"……竟然是雪，竟然下起了雪。……这是一场春雪。啊，太美了，真希望可以在这片风景中融化……"

雪静静地下着，这时，一个身穿黑色帽衫的年轻人突然出现在雪景的正中央。

“你是丘小姐吗？”年轻人的嘴角立刻露出了笑容，踩着雪，慢慢向我走来。

摄影机锁定了年轻人英气逼人的脸庞。

“啊，真是太好了。我是玉肌温泉的人。雪下这么大，我还担心你路上发生了危险，所以有点担心，跑出来察看一下。”

玉肌温泉　第三代温泉管理人　玉田大志（三个孩子的父亲）

画面中还同时出现了字幕。原来不需要我的报告，董事长已经查明了大志先生的身份。“玉肌的美男温泉管理人似乎很有名啊。”董事长立刻向我咬耳朵说道。

摄影机拍着双手拎着行李离去的黑色帽衫背影，背影在桥上渐渐远去，走向伫立在河畔的小型旅馆，身后留下了一个个有力的脚印。

“……好美。”鹈野太太小声说道。

那是她情不自禁脱口说出的话，是内心浮现的呢喃。

之后，几个小孩子冲了出来，很有精神地奔跑着，兴奋地对着父亲大喊：“下雪了，下雪了！……来打雪仗！”一看到我，立刻朝着摄影机跑来。“好了好了……你们这样拉我，摄影机……啊哇哇。”随着扑通一声，画面变白了。

鹈野太太又忍不住出声笑了起来，真与小姐的眼神也兴奋地晃动着。

接着是旅馆的房间、料理，以及小孩子玩得不亦乐乎的样子。在宁静的雪夜风景后，终于出现了露天浴池的那一幕。

“呃啊，好……好……好冷！”

扑通。跳进浴池的声音。画面因为温泉的热气，变得一片雪白。“啊，所以旅行才让人欲罢不能啊。”我忍不住说出了心里话。

“啊哟，真好笑。”鹈野太太小声笑了起来。

我的脸一下子红了。

“这是赏雪露天浴，雪花飘进混浊的温泉水中融化了……

“好安静，好温暖。我和大自然正慢慢地、渐渐地融合在一起。”

这是第一次公之于世的微裸镜头，果然有点害羞，但这个画面很成功，可以充分感受到自然的伟大和温暖。

鹈野太太、真与小姐和董事长脸上的表情，就像是在我对面一起泡在温泉里，舒服地用脸颊感受着不停飘落的雪。看着他们三个人脸上的表情，我衷心感谢大志先生绝妙的运镜技巧。

飘着雪的黑暗在画面上渐渐扩散。然后，转黑。

四月二十六日 早晨　再度前往角馆

黑色画面上，出现了白色的文字。出现在画面上的是——

真与小姐的手指微微动了一下。鹈野太太微微张开嘴，她们的眼中都映照着一片清澈的蓝色。

整个画面都是蓝天，然后是满满的枝垂樱。

那是令人屏息的美。蓝天下，是一片盛开的枝垂樱。

那个指挥交通的大叔出现在樱花树下，他对着镜头大声喊着：“真与小姐，角馆的樱花全日本第一，请你一定要和你的爸爸、妈妈再度光临。这附近还有一家很棒的咖啡店，可以赏赏樱，享受这份悠闲。”

新干线上那两个分别坐在靠窗和靠通道座位上的大婶站在角馆车

站前。

“真与小姐，气象小姐真的很厉害。昨天还下很大的雨，今天靠她的意志，竟然让天空放晴了。气象小姐，谢谢你！”

“真与小姐，旅行真的很棒，因为有这么美好的相遇。你也要鼓起勇气出门旅行，知道了吗？”

两个人同时笑了起来。

角馆的民众接二连三地出现。有资料馆柜台的小姐，走在路上的小学生，推着婴儿车的年轻母亲，还有礼品店的大婶，路边摊的大叔。大家都对着镜头挥着手说“真与小姐，来这里走走吧！”好像在呼唤远方的朋友。

每个人脸上都浮现出欢快的笑容，灿烂的笑容丝毫不输给怒放的樱花。怒放的樱花、灿烂的笑容变成了朝阳下一片明亮的雪景。

“真与小姐，我是玉肌温泉的大志。”大志先生一家人出现在雪地中。

“希望你和你的家人来我的温泉走一走，这里的泉质很棒，我很自豪。随时都欢迎你来，我在这里等你。”

“真与小姐，我是大志的奶奶。这里虽然是乡下地方，但可以吃到新鲜的鱼和野菜，欢迎你来这里，等你噢。”

“我是太郎。”

“我是次郎。”

“我是雪菜。”

“一、二、三，真与姐姐，欢迎你来。”

真与小姐看着精神抖擞的一家人，双眼颤抖着。

清澈的双眼渐渐湿润，眼泪就像朝露滴落般，顺着眼角慢慢滑了下来。一滴又一滴，从她的眼眶中涌现，然后又滑落。

鹈野太太轻轻闭上了眼睛。她的脸颊上也有好几道泪痕。

角馆车站的月台上响起广播声。

十六点二十六分出发前往东京的小町24号已经进站，请旅客站在白线后方等候。

旅行即将进入尾声。

这次的旅行中，我发现了一件事。

因为有令人怀念的美景，因为有温暖的小邂逅，所以人才会想要出门旅行。

因为有人对我们说“路上小心”，因为有人对我们说“你回来了”，旅行才能画上句号。

这是我的感想。

真与小姐，因为有你，才会有这次的旅行。因为你对我说“路上小心”送我上路，用“你回来了”迎接我，所以，我才能够成为旅人。

下一次，我希望能够为你做这些事。真与小姐，我希望能够充满真心诚意地对你说“路上小心”“你回来了”。

角馆的人都期待你的造访，如果你去那里，他们一定会满脸笑容，挥着手对你说，你又来了，你回来了。

真与小姐，请你活下去，活很久很久，请你去旅行。

和喜欢的人一起走在蓝天下，在盛开的樱花下，带着欢笑去旅行。

为了你能够再度踏上旅程，我今天在旅途中。

当天晚上，万代屋的董事长办公室。

市川先生注视着正在播放《代理旅人 欢迎回来小姐·角馆篇》的计算机屏幕，吸着鼻子说“啊，我好像感冒了”，然后把头转向后方。

“怎么了？阿市，你哭了吗？”

董事长自己的眼眶也很红，因为睡眠不足和感动，他的眼睛布满血丝。

“感冒啦，感冒。”市川先生辩解着，仍然转头看着后方，称赞了我一句，“小丘，干得好！”

我低着头，什么话都没说。

“她这次的工作的确很出色，但我的剪辑真是没话说。”董事长大言不惭地自夸着。

市川先生终于转过头，很不耐烦地说：“是啊，是啊。”

我仍然低着头，一句话也没说。

“小丘，你怎么了？情绪好像很低落。代理旅人、欢迎回来小姐第一次的工作成果很不错啊，委托人也很满意，不是无可挑剔吗？”

没错。真与小姐和鹈野太太对我这次的旅行成果很满意，母女两人都泪流不止。鹈野太太频频鞠躬向我道谢。

可以说，她们很满意，代理旅人第一次出任务的确算是成功了。

但是……

“董事长，我还是要去一次。”我猛然抬起头说道。

董事长和市川先生同时看着我。

“去哪里？”

“我要去鹈野花道馆……我要去找掌门人，去见鹈野华传先生。”

董事长瞪大眼睛看着我，随即苦笑着说：“你在说什么啊。这次旅行的委托人是真与小姐，她和她妈妈都很满意，你不要多管闲事，涉入别人的家庭问题。”

“我知道，但是，我代替真与小姐去旅行，不是为了拍下蓝天和盛开的樱花，也不是制作感人的影像。虽然这可能是我多管闲事，但是，我希望真与小姐……”

我希望真与小姐活下去，希望掌门人可以去看看她和疾病奋斗的身影。

希望他们一家三口可以再度一起去旅行。

这就是我内心所有的想法。虽然我想这么说，却无法说出口。我一把抓起放在董事长桌上的成果 DVD，冲出了办公室。

我冲下赤坂车站的阶梯，跳上刚好进站的地铁，一到根津站，立刻拦了一辆出租车，对着司机说：“请去鹈野花道馆。”我看了手机上显示的时间，已经晚上九点多了。掌门人应该已经离开会馆了，但我还是无法不去一趟。

如果他不在，就把这盘 DVD 交给警卫室，然后就离开，至少胜过什么都不做。

出租车抵达了鹈野花道馆的车道，当车门打开，我走下车时，立刻看到一个身穿和服的男人坐上前面那辆礼车。几个工作人员恭敬地鞠着躬。

啊！我立刻知道，他就是掌门人。

“司机先生，请你跟着那辆车！”我再度坐上正准备离去的出租车大声说道。司机慌忙发动了车，我的头撞到了椅背，但现在没有时间喊痛。

无论他要回家，还是要去高级日本餐厅，我都要拦下他，请他听我说话。原本只是打算把 DVD 交给他，如今涌现了更大的决心。

“你要知耻。”我想起掌门人对他太太说的话，好像是自己亲耳听到的。我希望那并不是他的真心话。

他只是在逞强。其实他应该比任何人更担心真与小姐，只是无法坦诚，所以才会这么责骂他太太。

我以为礼车会驶向掌门人家所在的代代木上原，没想到驶向完全不同的方向。他打算去高级日本餐厅吗？结果车子停在令我意外的地方。

御茶水的大学附属医院。

我屏住呼吸，在出租车上观察。掌门人下了车，和他一起下车的工作人员把一大包东西交给了掌门人，掌门人双手抱着那包东西，独自从夜间出入口走进医院。

“这位小姐，你要下车，还是……”司机问道。

“我要下车。”我付了车费，急忙下了车，跑到夜间出入口。

正想要进去时，警卫叫住了我：“面会时间已经过了。”

“啊，我……是鹈野流的人，掌门人把东西忘在车子上了。”我立刻编了谎言。

“啊，原来是鹈野流的人，掌门人刚进去。”警卫对我说，“那就请你在这里登记一下名字。”

警卫摊开的人员出入登记簿上的姓名和访客时间栏内写着“鹈野 21:30”。我立刻看他去哪个病房。

五〇七号。

我惊讶不已。真与小姐住在五〇八号病房，那是真与小姐隔壁的病房。我胡乱写了名字，小跑着进了医院。

已经抵达五楼的电梯又回到了一楼，电梯门打开，我一走进电梯，立刻发现一件事。

这是……花香。

我搞不清楚状况，但电梯的狭小空间内还残留着淡淡的清新花香。我想起掌门人手上的东西，用布包起的东西，露出一小片白色的东西微微晃动……

电梯到了五楼。来到走廊上，突然发现一小片白色的东西掉在地板上，我用指尖轻轻抓了起来。

樱花……花瓣？

我蹑手蹑脚地沿着走廊往前走，来到护理站时，发现护理师高仓小姐正在柜台的窗户内。

她发现了我，一脸惊讶的表情叫了一声“啊，欢迎回来小姐”，立刻走出了护理站，“这么晚来这里，发生什么事了？今天来的时候，忘了什么东西吗？”

“不是，”我摇了摇头，然后压低声音说，“拜托你，可不可以告诉我实话？真与小姐的父亲……鹈野流的掌门人，目前正在五〇七号病房吧？真与小姐知道这件事吗？”

高仓小姐立刻为难地笑了笑，自言自语般地说：“告诉欢迎回来小姐应该没问题。”然后叮咛我：“你可以向我保证，绝对不告诉鹈野太太和真与小姐吗？”

说完这句话，她把我请进了护理站内，悄悄告诉了我真相。

掌门人从三个月前就租借了真与小姐隔壁的病房——五〇七号病房。因为这个特别病房楼层住院费昂贵，所以很少有满床的情况，但医院还是事先和掌门人约定，一旦有病患想要住那间病房，就要立刻让出来，而且要全额支付病房费用。掌门人也向护理师提出一个要求，绝对不能让他的家人知道，他每隔三天，就会亲自来这里插花。

虽然女儿已经无法行动，但听觉和嗅觉比普通人的更加敏锐，所以他希望可以把花香送到女儿的病房。

如果他在她的病房内插满鲜花，她就会对他撒娇，而且不得不面对自己无法亲手插花的现实，内心更加悲伤。

所以，至少——即使隔了一道墙，只要女儿还活着，就要相信她的感觉，持续为她送上花香。

于是，掌门人持续在空病房内为女儿插花。千里香、山茶花、水仙、百合、玫瑰……他每次都抱着一大束鲜花出现，然后独自在寂静得宛如水底世界般的病房内默默插花。护理师们都会把五〇七号病房的门稍微打开，同时将真与小姐的病房门敞开一半，花香就可以飘进她的病房。

“真与小姐每次闻到花香，都会说出花的名字。上次是水仙，今天是玫瑰。她说，即使戴着氧气面罩，也想知道隔壁病房插了什么花，所以会拿下氧气面罩确认……”高仓小姐说。

“真羡慕隔壁病房的人，总是被鲜花包围，受到家人和朋友的爱护，一定很幸福。”

“我可以分享一点幸福的芳香……我也很幸福。”

真与小姐曾经这么说。

啊，难怪——难怪每次来这个楼层，都会闻到新鲜的花香。

真与小姐的父亲是世界知名的花道家，却是一个笨拙的父亲，他为独生女插了那些花。

那些花不会被任何人看到，也不会得到任何称赞，但比任何作品更美，更充满了爱。

“啊，掌门人出来了。”高仓小姐看着悬挂在护理站天花板下方的监视器屏幕说道。

监视器拍到了掌门人从病房来到走廊上的身影，看到他经过护理站前方时，我悄悄走了出去，蹑手蹑脚跟在掌门人身后。

“……掌门人。”走到电梯厅时，我对着挺拔的背影小声喊道。

掌门人厚实的肩膀微微摇晃，我注视着他的肩膀自我介绍。

“我是丘……代理旅人丘惠理佳。”

掌门人静静地转过头，端正的脸上有着很深的皱纹，充满了身为掌门人的威严，但一看到我，他立刻放松了脸上的表情。他的表情中没有丝毫的惊讶。

掌门人面对着我，用平静的声音说：“我知道你……为了我女儿去角馆旅行，很抱歉，把你卷入内人和女儿的任性。”

我摇了摇头：“不，我的旅行还没有结束。”

掌门人露出纳闷的表情，我轻轻递上手中的樱花花瓣说：“在真与小姐和爸爸、妈妈再度去这种花盛开的地方旅行，我为你们送行，对你们说‘路上小心’时，我才能挺起胸膛说‘我完成了这趟旅行’。”

掌门人目不转睛地注视着我的眼睛，他的眼中闪着和真与小姐眼中相同的光芒。

我带着祈祷的心情说：“为了那一天，可以请你不要在隔壁房间，而是在真与小姐的病房内插花吗？”

把特地请人从北国送来，美得让人想要哭的枝垂樱插在真与小姐的房间。

掌门人嘴角漾着微笑，温柔的微笑比任何话语更能够表达掌门人身为父亲的心情。

“对了。”我翻着皮包，从里面拿出光盘，“这是旅行的成果，可不可以请你过目？”

掌门人低头看着递到他面前的光盘，再度笑了起来。

“为了你能够再度踏上旅程，我今天在旅途中。”

咦？我好像在哪里听过这句话……

我眨了眨眼，看着掌门人。

他脸上沉稳的微笑变成了羞涩的笑容，他对我说：“今天一大早，你公司的董事长就用快递把成果送来了。”

“如果你不看，这趟旅行就无法结束，我们经纪公司也将面临倒闭，请你务必帮忙。”董事长还在便条纸上写了这句话。

“真是的，我对代理旅人的业务没什么意见，但钱也花得太凶了。笔记本电脑二十二万，剪辑软件十万八千八百元，方巾两千六百元，快递费五千元，还有出租车费，根津到御茶水两千元……惠理佳，这是什么钱？”望乃利落地敲着计算器，嘴里念念有词。

我像往常一样，看着那台好像佛台般巨大的旧型台式计算机说：“旅行交通费。”

“那不是在东京都内吗？”望乃一脸怅然的表情。

“但那也是旅行的一部分。”我对她露出灿笑。

“啊？不知道鹈野太太会不会支付报酬？”望乃小声嘟哝着。

“应该吧。”我只简单应了一句。

那天下午，我的手机收到了最棒的报酬。护理师高仓小姐寄给我一封主旨为“樱花盛开”的邮件。

真与小姐决定接受手术，装人工呼吸器。

她打算明年春天去角馆旅行，和她的父母一起去旅行。

附件的照片中，掌门人和鹈野太太满脸笑容地围在真与小姐身旁，枝垂樱在真与小姐的枕边绽放。

7

喂？妈妈，是我。

我去旅行回来了，超棒的旅行。

没错，就是代理旅人的工作，上次我不是在电话中稍微提过，我开始做新的工作了吗？

我接受无法出门旅行的人委托，代替他们去旅行。

怎么会有人委托这么奇怪的事？就是有啊，反正世界之大，无奇不有啦。铁壁董事长说，虽然听起来有点奇怪，但搞不好真的有市场，所以他很期待。

这当然和演艺圈的工作……有点……不，完全是两回事。

不，我并没有退出演艺圈，只是觉得走去岔路看看，这种工作也不错，我打算做一件很了不起的工作，会让大家刮目相看、超厉害的工作。或许会花一点时间，你会耐心等待吗？

我当然没有忘记和爸爸的约定。

只是稍微试试其他方向而已……该怎么说，在人生这个旅途中，走去岔路看看。

妈妈，下次再聊，代我向奶奶和惠太问好。

告诉他们，惠理子又开始旅行了。

董事长办公室内传来低沉的歌声。虽然不知道他在唱什么歌，但已经唱了一个多小时，而且都重复唱相同的段落。

“董事长怎么了？今天好像心情特别好。”

我盯着旧型计算机的屏幕，觉得他的歌声很吵，所以故意大声地自言自语，让正在旁边的办公桌前敲计算器的望乃听到。

“他心情当然好啊。”望乃有了反应，她说话的声音也很欢快，“因为今天进账了，鹈野流的掌门人汇钱进来了。”

我忍不住想要站起来，但拼命忍了下来，故作镇定地说：“哦？是吗？原来有钱进来了。”

望乃呵呵笑了起来：“你之前工作不是很认真吗？拿到报酬是理所当然的事，有什么好紧张的。”

她把橡皮圈拉直后弹了过来，命中我的额头。

“好痛啊！”我叫了起来，“别再欺负我，我是这家公司唯一的艺人……”

我发出很没出息的声音后，小心翼翼地问：“那……报酬是多少？”

“不清楚，”望乃一脸事不关己地按着计算器，态度很冷漠，“董事长对我说‘别告诉惠理佳，不然她会得意忘形’。所以不能告诉你。”

我吞着口水。显然是可观的金额，看来只能直接找董事长问清楚了。

站在董事长办公室门前，他还在唱相同的段落。我连续敲了几次门，完全没有反应，我打开门，向门内张望。

铁壁董事长满脸喜悦地看着桌上的笔记本电脑，好像两只巨大饺子般的耳朵上戴着耳机，他正用力敲着键盘。即使我站在他面前，他也完全没有发现。我终于失去了耐心，拿下他单侧耳机。

董事长终于抬起头，满脸笑容地说：“啊，是惠理佳，你来啦？”

“我当然来了啊，我也算是这里的员工。”

“你不需要准时上班，因为你是我们经纪公司唯一的旅人。”

他不说我是“艺人”，而是说“旅人”。难道是因为收到了鹈野家的款项，他认为这个生意可行吗？

“你来得正好，我想给你看一样东西，你过来一下。”他向我招手。

“看什么？”我走到董事长身旁，发现计算机屏幕是我仰望着天空，快要哭出来的表情。董事长很擅长让影片停在我表情很丑的画面，每次都这样，总是在让我忍不住想要大喊“为什么要停在这里？！”时停格，然后说什么“好，关于接下来的发展……”，若无其事地继续开会。这难道也算是一种才华吗？

屏幕中的我被定格在下巴挤出一颗酸梅的表情，看着屏幕的我应该也露出了相同的表情。董事长说：“你别露出这种表情，那是我架设的网站。”

“网站？你吗？”

“对啊，”董事长挺起胸膛，“我还申请了 UFO。”

“那是 URL，”我立刻嘲笑他，“只对了一个 U。”

“www 点 tabiyaokaeri 点 jp。”董事长不理会我，自顾自继续说道。

“那不读‘点’，要读成‘dot’。”如果不及时纠正他，他一辈子都会读成“点”。

“你还真啰唆啊，反正你来看就是了。”

董事长的手指按了下鼠标。

我原本哭丧的脸顿时变成了笑脸，大喊着：“放晴了。”随着轻快的背景音乐，我在角馆和玉肌温泉拍摄的影像接二连三地出现，然后出现了字幕。

已经成为传说的旅游节目《小旅行》喊停了？！

“怎么会有这种荒唐事……”

“竟然看不到欢迎回来小姐去旅行了？”

“欢迎回来小姐，请你再去旅行！”

为了全国各地的欢迎回来小姐粉丝，旅人——丘惠理佳回来了！

即将展开一场场特别的旅行，而且，是为你而旅行——

旅行代理人——代理旅人、欢迎回来小姐开张营业了！

欢迎回来小姐将代替你去全国各地旅行！

接受各种旅行委托！

开张纪念博览会，委托费用特价优惠

我惊讶地注视着屏幕，满面笑容、对着镜头挥手的我渐渐消失，突然出现跷腿坐在桌子上的望乃。她露出挑逗的眼神说：“详情请洽网站，等你哟。”然后对着镜头挤眉弄眼，影片就结束了。

“怎么样？我打算把这部影片同时上传到网站和 YouTube 上。”董事长心满意足地说道。

我失望地垂下了肩膀。“开张纪念博览会”是在搞什么鬼啊？

旅行委托服务——我对这种叫法也有意见，但铁壁董事长说，这是代客旅行，让委托人满意的服务业，所以也就这么叫了——完成后，要如何继续发展为一门生意？

董事长找了望乃、前《小旅行》的导播市川先生，还有我一起开会，具体讨论了这个问题。我对市川先生感到抱歉，好像硬是把他拉上了贼船，但因为在第一次执行代理旅人业务时，他就帮了很多忙，有他一起参加讨论，顿时感到很安心。

“我想到一件事，要开始做代理旅人的生意，是不是需要旅行社的资格或是证照之类的？我记得去旅行社的时候，看到墙上好像贴着类似的东西。”市川先生突然说了很现实的意见。

“啊哟，我们又不是卖机票或是 JR 的车票，也不是帮人订饭店，我们还要靠旅行社呢，服务的性质不同吧。”望乃振振有词地说。

市川先生觉得她的意见也很有道理。

“我也在网络上搜寻了半天，没有其他人做这种‘代理旅人’的业务，这绝对是我们的独家专利。”董事长得意地断言道。

“那要去申请专利。”望乃立刻一脸严肃地插嘴说道，记录在笔记本上。

市川先生抱着双臂，露出佩服的表情说：“的确是很特殊的服务，只有铁壁先生和小丘你们这对搭档，才能想到艺人代替委托人去日本各地旅行这种事。”

“但我拒绝进入危险区域或是代为执行危险的业务。”我特地叮咛道，我必须有可以选择工作的权利。

市川先生苦笑了一下，一脸严肃地说：“话说回来，小丘啊，旅行的意义不就在于亲自体验吗？虽然我这些话可能不中听，即使是艺人欢迎回来小姐出马，我也不认为有谁会请别人代替自己旅行，而且，要艺人出任务，感觉会花费不少钱……鹈野家的情况算是很特殊。”

市川先生的话很有道理。

有迫切的理由必须委托别人代替自己去旅行，而且有足够的金钱支付相应的报酬，全日本到底有多少这样的人？

或许这种比喻不太恰当，但鹈野家的案子可以说是天上掉下来的礼物，或者说是意外捡到的宝，而且，我并没有为了报酬工作的感觉，更像是在帮助他人。所以，即使鹈野家最后没有支付一元报酬，我认为也无所谓。只不过如果委托人家境富裕，为了某种乐趣，或是为了得到满足感而委托我旅行，我当然乐于接受报酬。如果遇到虽然没有钱，基于某种理由陷入困境的人委托我去旅行，我可能也愿意帮忙。董事长和我遇到这种事，往往无法狠下心。

比起做生意，我更觉得像在做善事。

我坦诚地说出了内心的想法。

“那就像是‘黑杰克’嘛。”市川先生再度苦笑起来。

“啊哟，不必担心，惠理佳可以唱白脸，我到时候就扮黑脸。”望乃张大了擦着鲜红色口红的嘴，但性感偶像鼻祖的望乃在紧要关头也无法狠下心。

“铁壁先生，你打算收多少报酬？”

听到市川先生发问，董事长“嗯”了一声后回答：“那就以‘时价’来计了。”

“那不就和鲍鱼握寿司一样？”市川先生笑了起来。

“在和委托人充分沟通后做出决定。就像惠理佳说的，如果是有钱人为了兴趣或是某种纪念目的，收取较高费用也没问题，但如果是有困难的穷人，我不可能扒人家的皮。比方说，委托人想要去看临终的母亲，却因为没有钱无法回家，就可以代替委托人去他老家旅行……”

市川先生用力点着头，深有感慨地接着说：“或是要去山顶上采药草，治疗年迈父亲的疾病……”

董事长也“嗯、嗯”地点头呼应。

“或是有小孩子因为家境贫困，连营养午餐费也缴不出来，可以代替他去迪士尼尽情玩乐，和米奇合影……”

啊啊啊。董事长、市川先生和我，三个人都深深叹着气。只有望乃一脸受不了地看着我们，双手叉腰，叹着气说：“你们几个人真的很笨，以后会有什么委托上门，要等委托上门的时候才知道，你们有时间在那里东想西想，还不如赶快想一想开发客户的营销方法。”

有道理。

于是就决定先成立网站。

但是，我们在计算机方面的知识几乎是零，当然不可能知道架设网站的方法。市川先生再度伸出援手，派了助理导播奥村来帮忙。奥村是走在流行前端的年轻人，对计算机很熟，亲切、仔细又简洁地向铁壁董事长传授了申请网址和架设网站的方法，董事长将负责写文章和博客更新等网站的相关工作。

董事长决定的代理旅人服务内容如下。

基本上只通过网络推动业务，委托人必须用电子邮件的方式说明什么时候，去哪里，目的是什么，为什么要请欢迎回来小姐旅行，传到网站信箱。同时，必须做一份简单的问卷调查，填写姓名、地址、年龄、电话、职业。虽然也很希望增列年收入这个项目，但最后决定不要操之过急。

我们在审核收到的电子邮件后，每周最多接受一件案子的委托。虽然听起来好像很不积极，但如果想要提供良好的服务，这样的频率已经是极限。

至于报酬的金额，则是协议决定。委托人不同时，金额可能也会有很大的落差，可能高达数百万，但也可能不收钱，所以决定用“黑杰克方式”——模仿手冢治虫的医疗漫画《怪医黑杰克》，对有钱人当然收取高额的报酬，但对贫穷的好人，免费服务也无所谓。反正这原本就是意外出现的生意，比起赚钱，良心更重要。

决定委托人后，请对方来万代屋面谈，详细了解当事人的情况。然后决定大致的行程，并了解想要用何种方式验收成果。

验收旅行成果的方式可以配合委托人的要求。DVD、书面报告、电子邮件、书信、明信片、电话、Skype……无论什么方式都可以，委托人必须指定成果的交货方式。

旅行结束后，由我把成果交给委托人，就算完成了任务。

“事先要签约，还有必须在交货后一个月内电汇报酬款项，你完全没有提到这些重点。”董事长向望乃传达服务内容和方针时，望乃一针见血地说道。

“在和对方见面时，再由我判断是否需要签约。我在这个行业多年，也不是白混的，无论哪一种人，我都可以一眼就看穿。”董事长一派轻松。

他那对牛眼的确很会看人。

“惠理佳，怎么样？你觉得可行吗？”

被他这么一问，我只好点头说：“可行。”

“可能会发生被迫去旅行，但最后收不到钱的情况，没问题吗？”

我再度点了点头。

“我会去旅行，但不可能发生‘被迫去旅行’的情况。”

董事长听了，心满意足地点了点头。

无论去哪里，无论是怎样的旅行，都同样令人兴奋。只要能够找回旅行的生活，对我来说，就是最大的快乐。

所以，即使是受委托人的委托，也不可能是被迫去旅行。无论在任何时候，我都会主动去旅行，自己思考、感受和体会，尽情地乐在其中。

想到这里，我突然发现，会委托我去旅行的人，应该是和我完全相反的人。

他们即使想要去旅行，也无法真的出门去旅行，或是不愿意付诸行动。

那些人到底是怎样的人？

网站成为代理旅人、欢迎回来小姐唯一营销渠道，宣传影片在导播市川先生严格却又充满爱的指导下，并由助理导播奥村重新剪辑后，最后终于在网络上公开了。

背景音乐挑选了清新的原声吉他乐曲，从原本的影片中删除了望乃的镜头，剪辑了我和当地人快乐交流的影像，结合摄影师安藤先生提供的日本各地风景照，网页的设计在奥村的朋友——一位专业的网站设计师免费修改后很有吸引力，让人想要点进网站一探究竟。

“这么难得一见的生意，绝对会引起回响，到时候电邮接到手软，你们下个星期一定会手忙脚乱。”

虽然我到最后还是不知道鹈野家到底汇了多少钱，但董事长给了我一笔筹备金，要求我“做好准备，随时可以出发去下一次旅行”。我兴奋不已，立刻写了电邮给发型师小光和造型师实美，向她们请教适合初夏的化妆和造型，然后上街采买，难得地好好充了一次电。

董事长的预料完全正确。

网站上线后不久，就收到了大量电子邮件，但几乎都是垃圾邮件。

“这是怎么回事？”董事长发出惨叫，立刻请奥村来解决问题，采取因应措施后，很快封锁了垃圾邮件。

接着，又收到大量质疑或是揶揄代理旅人的邮件。“真的是欢迎回来小姐去旅行吗？”“别骗人了。”“有什么证据显示你们有能力做到？”除了这些纯粹觉得好玩的无聊电邮，或是充满恶意的电邮以外，还有一些明显有不同目的的内容，像是“想要和欢迎回来小姐约会”“想和她一起去温泉”，看到“三天以内，在无法预约的餐厅去吃全餐”“搭头等舱去沙特阿拉伯，在每晚要价一百三十万元的蜜月套房连续住三晚”这种完全不可能实现的梦想时，根本都懒得回复，没有任何一封电邮是委托人诚恳地提出带有现实意味的要求。

“鹈野家的案子果然是例外中的例外，或者说是奇迹。仔细想一想，就会发现市川先生说得没错，那种事真的是千载难逢。”望乃很不耐烦地说道。

最近，她从早到晚都坐在副董专用的破计算机前，检查洽询的电子邮件内容，这已经成为她主要的工作

“是啊。”我用鼠标不断删除奇怪的电子邮件的同时，无力地回答。

起初董事长还说“这不是你的工作”，不让我检查洽询电邮的内容，但现在已经顾不得那么多了。董事长、望乃和我三个人这几天都坐在计算机前确认这些信件，好像在比赛谁能够最早发现像样的委托。

“我在想啊，没有明确的收费表，很难吸引客人上门。”嗒嘀嗒嘀嗒嘀，望乃继续删除电邮的同时说道。

“是因为这个原因吗？”嗒嘀嗒嘀嗒嘀，我也输人不输阵地在快速删除的同时回答。

“因为报酬不是协议决定吗？这里又不是侦探事务所或是律师事

务所，又何况是演艺经纪公司推出的业务，别人以为我们会狮子大开口吧？”

“对噢，的确有这个可能。”

“而且，前偶像代为旅行也很那个。如果是时下当红的偶像也就罢了，但问题是丘惠理佳，出门旅行时，还会被误认为气象小姐，你觉得会有生意上门吗？”

“……”

“要是充满年轻活力的小女生旅行还有看头，三十多岁的过气艺人会有市场吗？”

平时我对望乃的毒舌早就有了免疫力，但在目前的情况下听到这种话，难免受到打击。我努力克制自己不发作，默默地继续删邮件。望乃不断用毒舌刺激我，最后终于安静下来。

在代理旅人的网站上线将近一个月后，终于收到了像样的洽询。对问卷表中“你是通过何种渠道知道代理旅人？”这个问题，“听朋友说的”“在推特上看到”之类的回答渐渐多了起来。有的是辗转从玉肌温泉的大志先生口中得知的，真与小姐也在推特上发文，市川先生、小光和实美等前小旅行家族成员也都帮忙在博客发文或是口头宣传。铁壁董事长说得没错，“口耳相传是最佳的宣传途径”，不久之后，正式委托的案子一下子增加了。

我终于正式成为代理旅人重新出发，重新展开了曾经那么渴望的生活——旅行是生活重心，以旅行为中心的生活。

委托人各式各样，委托的案子也五花八门。有人为上了年纪的父母庆祝金婚，要求我去他们充满回忆的地方；也有人要我传达信息给远方的恋人，都是让人内心涌起一股暖流的旅行。也有人希望比较当地的美食或当地自酿的清酒，有点类似调查性质的旅行，让我大呼过瘾。也有生病去世的女儿留下遗言——“请你代替我，和我妈妈一起去旅行”这种催人泪下的旅行。

每次旅行之前，都会和委托人进行面谈。大部分委托人一看到一脸凶相的铁壁董事长都会感到害怕，甚至有人看到董事长的脸，说了声 “我想还是算了”就想转身离开了。但是，在谈论为什么要委托他人旅行时，董事长都会问及对方的身世或是引发回忆，他经常感同身受地认真倾听，有时候还会提出精准的建议，最后总是赢得委托人彻底的信赖。每次都仔细研究是否应该收取报酬的望乃，也成为缓和、炒热气氛的得力助手。值得庆幸的是，几乎每个案子收到的报酬都超出了预期。有些案子让人觉得不应该收取报酬，这种时候，就由铁壁董事长帅气地告诉对方：“只要一句‘谢谢’作为报酬就够了。”

成为代理旅人后，我深刻体会到，每个人都有各自不同的旅行方式。

虽然这或许是理所当然的事，但我借由代替“想要旅行的某个人”旅行，发现这件理所当然的事无比美好，有时候也感到难过不已。即使在相同的季节去相同的地方，如果旅行的理由和目的不同，也会成为完全不同的旅行。无论是怎样的旅行，我都可以满满地感受到旅行的喜悦和幸福。

我用这种方式持续代理旅人的工作。

我真心诚意、踏实地代替委托人去旅行。当我回过神时，发现自己成为代理旅人已经半年了。委托人都在代理旅人的网站上留下诚恳的评价，代理旅人的工作受到了民众的好评，用望乃的话来说，像样的委托持续不断地涌入。

真希望可以一直这样旅行。

如今，或许已经没有人记得当年的偶像艺人丘惠理佳，在电视上扮着鬼脸的表情，大口吃着当地美食的我被观众遗忘只是时间早晚的问题。

但是，代理旅人、欢迎回来小姐为了素昧平生的人旅行，希望素昧平生的人能够记住这样的我，于是，我就能够很有精神地挥挥手，说声“我走了”，再度踏上旅程。

喂？妈妈？是我。

嗯，我很好。我在旅行。

代理旅人的工作很顺利，我代替各式各样的人去旅行，真想把每一次旅行的事都和你分享，但每一次旅行都说来话长。

我深深觉得，每次旅行，我都成长一点点。

明天和后天，我又要去旅行了。嗯，没问题，我很好，我一直都很好。

大家也都好吗？你小心别感冒了，也别太累了。

那我改天再打电话回家。我要去旅行了。

8

完成第二十个委托案的那天晚上。

铁壁董事长难得邀我："今天是慰劳会，我请你吃饭。"

望乃立刻说："啊哟，那我呢？"也想要跟我们一起去吃饭，但得知要去董事长常去的一点晴后，马上露出不悦的表情："真小气，为什么不是吃法国大餐？"

"已经快十一点了，有哪家法国餐厅还可以吃到大餐？"

"到底是谁让我吃加班大餐到这么晚？"

望乃狠狠地挖苦完董事长之后，就下班回家了。

"真伤脑筋，都一把年纪了，还有公主病，至今仍然忘不了偶像时代被捧在手心的感觉。"董事长走在夜晚的赤坂街头，自言自语地说道。

之前听望乃说过她偶像时代的英勇事迹，听到耳朵都快长茧了。据她所说，有十家大经纪公司都抢着签她，英俊小生的男演员A、B和C同时向她求婚。只是不知道有几分是真，几分是假，但我一直怀疑这全都是她吹嘘出来的。

"她真的那么红吗？"我问。

董事长叹着气回答："起初的一两年吧，和你一样。这个行业没感情没眼泪，走红的时候，每个人都把你捧在手心；一旦过气了，那些人就像退潮一样，全都不见了。这个世界就是这么现实。”

我已经充分体会了。现在回想起被冷冻的空虚，仍然会胃痛。

“话说回来，幸好我们捡回了一命，能够直接为别人带来爱、勇气和感动的代理旅人服务，比起这种现实的生意好一百万倍。”

哇哈哈哈，他张开大嘴笑了起来。

对我来说，比起持续在瞬息万变、竞争过度激烈的演艺圈受折磨，对旅行的生活心存感激，受到委托人感谢的代理旅人生活，让我心情更轻松，也更加舒服。

铁壁董事长打开了入口的黑色拉门，我也跟着他走进了一点晴的店内。

“欢迎光临。噢，原来是铁壁兄，好久不见。”身穿黑色T恤的老板在吧台内很有精神地打招呼。

“呀，老板，好久不见。”董事长心情愉悦地回答。他们之间的对话一如往常，但之后的发展和平时完全不同。

坐在吧台角落低着头吃面的人突然转头看着我们，我的心跳顿时加速。

“咦？铁壁先生。你好，辛苦了。”

转头过来的不是别人，正是庆田盛元。

“哇，阿元！”我忍不住娇声叫他的名字。三十几岁的女人真悲哀，意外遇到前男友，就会变成这副德行。

“啊，原来是阿元，真难得，一个人吃拉面吗？”

铁壁董事长充满怀念地走向这个恩将仇报、背叛万代屋的男演员，好像见到了乖巧的外甥。

"TVS[1] 的戏从早拍到晚，我快要疯了，所以偷溜出来。"

董事长亲切地坐在阿元身旁，我缩着身体，在董事长身旁坐了下来，拿起装了水的杯子喝了起来。虽然我并没有做坏事，但直冒冷汗。董事长心情愉快地说："老板，给我两瓶啤酒，两碗大的味噌葱花拉面，加卤蛋，也给这个帅哥一个杯子。"

"好哩。"老板说道。

"不，我不用了，"阿元婉言拒绝，"等一下还要回去拍戏。"

"你在说什么啊，天下无敌的猛兽元稍微喝几口，谁都不敢有意见。来，喝吧喝吧。"

董事长为阿元的杯子里倒满了啤酒，把啤酒瓶递给我说："你也喝吧。"

"阿元啊，今天是惠理佳的慰劳会，应该说是庆功会吧，快啊，把杯子拿起来。"

"啊，庆功会？庆什么功？"

阿元隔着董事长，一双清澈的眼睛看着我。我还没有喝酒，脸就已经红了。

我去旅行了。

最近持续代替一些想要旅行，却无法出门的人去旅行。目前已经完成二十次，所以来庆祝一下。

我明明可以实话实说，但嘴巴动不了。

"她最近的工作表现很不错，所以庆祝一下。"

董事长又自顾自地说了声"干杯"，自顾自地把杯子在阿元和我

---

① 埼玉电视台。——编者注

装满啤酒的杯子上碰了一下。

阿元没有喝啤酒，露出意味深长的笑容："我知道，是不是代理旅人？"他在董事长背后再度对我说道。

我察觉到他话中带有一丝轻蔑，好像在对我说，你就这么想旅行吗？我的脸比刚才更红了。

"对，没错，就是代理旅人。"董事长把喝空的杯子重重地放在吧台上，很干脆地说道。

"只要让惠理佳去旅行，她就是最出色的演员，和不知道哪里的帅哥演员不一样。"

"啊，是吗？"阿元若无其事地说道，"话说回来，我倒是觉得代理旅人很新鲜，不知道以后过气之后，能不能也来接这种案子，因为如果太红了，走到哪里都有人认识，就没办法接这种工作吧？"他用鼻子冷笑了一声后又故意补充说："啊，我们经纪公司的老板也有同感。"

即使阿元提到了宿敌常盘千一，董事长也仍然很冷静，再度为自己的杯子倒满了啤酒，咕噜咕噜喝完之后，把仍然留着啤酒泡沫的杯子放在吧台上，立刻恢复了心情愉快的声音。

"我说阿元啊，像你这么红，即使想旅行，也没时间旅行吧？要不要委托我们？随时都欢迎啊。"

"不必费心了。"阿元站了起来。

"账单留下，我请客。"董事长说。

"别抢了我的台词。"阿元用力抓起自己的账单和放在董事长拉面碗旁的账单。

"不是庆功会吗？我请客。惠理，改天见。"

他向我使了一个眼色，把五千元用力放在吧台上，没有拿找零的钱就转身离开了。

我低头看着眼前的味噌葱花拉面。

今天是完成二十件案子，值得纪念的日子。这次的委托人也很满意，我为此感到高兴，反复观赏工作成果的DVD，也看了网站上的每一则评价，傍晚只吃了一个面包，还没有吃晚餐，但现在完全没有食欲。

“怎么了？赶快吃吧，面都坨了。”

铁壁董事长故意无视我的垂头丧气，大声吃着面。

我趁他不备，轻轻叹了一口气。

怎么会这样？我为什么这么失望？

有两件事对我造成很大的打击。第一件是我发现阿元轻视我们的工作，另一件是我竟然无法抬头挺胸地告诉他：“我在旅行。”

在当红男演员阿元眼中，旅行代理人的确是滑稽的工作。因为在演艺圈接不到工作，才会开始做代理旅人的工作，试图起死回生，的确会被认为很落魄。如果脱得干脆，在这个行业内，或许会有人觉得我有胆量，但我既没有拍裸照，也没有去购物台，更没有去开烤肉店，或是转战政坛当议员，当然更没有去嫁人。谈到艺人过气之后的发展，没有人会想到我目前所做的工作，被人耻笑也无可奈何。

最没出息的是，我发现自己对旅行这件事感到心虚，哪怕这种心虚只有一刹那，还是对我造成了很大的打击。

我竟然无法在前男友面前落落大方地说起自己在旅行这件事。虽然活跃在第一线的阿元的确很耀眼，但难道我觉得自己的工作不如他的吗？

我垂头丧气，迟迟不想拿起筷子。老板担心地问：“欢迎回来小姐，面已经坨了，要不要我重新帮你做一碗？”董事长已经把碗里的面吃得精光了。

“没关系，她看到以前的同事走红，所以有点感伤，不用管她。”

他用一句话概括了我复杂的心情。

背后传来嘎啦嘎啦的开门声，听到一个熟悉的声音。“啊，铁壁先生，让你久等了。”导播市川先生竟然此时出现在这里。

“阿市，我等你很久了。坐这里，坐这里。”

董事长立刻恢复了好心情，请市川先生坐在阿元刚才坐的座位上。

“原来你和市川先生约好了。”我忍不住说道。

“你终于开口说话了。”董事长笑了起来，我这才发现自己踏进店门后，除了“哇，阿元！”以外，一句话也没说。

“因为我有事要和铁壁先生商量，打电话给他时，他说：‘今天是好日子，要去吃拉面，你也一起来。’”市川先生说。

我也露出了苦笑。

原来是好日子，所以要吃拉面。望乃说得没错，既然要庆祝，就应该去法式餐厅吃大餐，那就不会遇到阿元了。

“你有什么事要找我商量？该不会你要委托？我可以算你便宜点。”董事长把啤酒倒进老板拿给他的杯子中问道。

“谢谢。”市川先生喝完了满是气泡的啤酒，用力吐了一口气，转头看着我们，突然开口说：“小丘，你想不想再试一次《小旅行》？”

傍晚六点整，万代屋的电话准时响起。

正襟危坐在办公桌前的望乃清了清嗓子后，用很做作的声音接起了电话。

“你好，这里是万代屋。是，是……马上就下去。”

她对着电话鞠躬后，挂了电话。

“迎接的车子已经到了，正在楼下等候。”

端坐在旁边办公桌旁的我点了点头，站了起来。

“董事长，迎接的礼车到了。”望乃大叫着，踩着拖鞋走进了董事长办公室。不到三秒钟，穿着花哨格子西装、黑色长裤，系着红色领带的董事长现身了。

“唉，做行政事务工作的人太吃亏，难得有机会吃法式大餐，却不能同行。”望乃把鞋拔交给董事长，语带挖苦地说。

“你别这么说嘛，下次会带你去。”董事长把两只像枕头一样的脚塞进鞋子时说。

“今天只是相互观察，我的攻击会奏效的。先是轻轻挥拳，在关键时刻用右直拳用力打倒。”

“你真是无可救药。”望乃发自内心地感到无奈，叹着气说，“对方是掌握了《小旅行》复活命运的赞助厂商，你打倒他们有什么好处？”

“啊，那倒是。”董事长笑了起来。

礼车停在事务所的正前方，那是我在偶像时代曾经坐过几次的礼车。准赞助人的企业贴心地特地派车来接我们去吃晚餐。司机下车后，恭敬地打开了后车座的门。董事长先上了车，我也跟着上车后，车门发出沉重的声音关上了，车子立刻驶了出去。坐在车子上的感觉太舒服，让习惯搭电车和公交车的我有点不习惯。

“小丘、铁壁先生，你们愿不愿意挑战让《小旅行》复活？”

一个星期前，在小旅行家族中，自称是父亲的导播市川先生在一点晴的吧台前问我们。我们一时难以相信。

江户酱汁以前是《小旅行》的唯一赞助厂商，广告公司番通的营业课长德田先生当时负责为节目找赞助商，最近他从江户酱汁的董事长办公室得到消息，得知总裁对丘惠理佳最近的工作产生了兴趣。

节目喊停的来龙去脉，德田先生比任何人都清楚，因为我的失言而惹恼了赞助厂商——正确地说，是惹恼了江户酱汁的公关室，所以起初半信半疑，但在得知我最近开始了代理旅人这种“虽然奇怪，却是划时代”的业务后，又去看了代理旅人的网站，也确认了旅行报告和委托人的评价，觉得“也许八字有一撇”。虽然不知道是什么引起了总裁的兴趣，但“只要有机会，就绝对不放过”是德田先生的工作原则，于是立刻通知之前负责《小旅行》的曙光电视台的制作人藤岛先生和导播市川先生：“江户酱汁有希望。”

即使在我开始代理旅人的业务后，市川先生也仍然密切注意有可能起用我的旅游节目提案的时机，所以立刻觉得“机会来了”！他恳切地向德田先生说明丘惠理佳正在展开一场又一场温馨的旅行，正为了那些想要旅行，却无法出门旅行的人在全国各地旅行。至于藤岛先生，照理说，他应该会因为“既然在旅行时没有人认出她是艺人，就已经出局了”之类的理由立刻驳回，但这次是一度动怒的江户酱汁的总裁主动有兴趣，所以决定乐观其成。

于是，市川先生提案的《年底特别节目〈小旅行·特辑〉欢迎回来小姐回来了……日本列岛由北向南·充满欢笑和人情&爱和泪水&勇气和感动，晴空下的当地美食·地方铁路和巴士联结你我的心》这个名字超长的策划终于动了起来。

“我真的太惊讶了，听到阿市提起这件事时，我几乎不相信会有这种事……”

坐在礼车后车座上的铁壁董事长把手放在套上白色布套的手肘架上小声地说。我也点了点头。

“我也很惊讶，那个名字也未免太长了……”

“笨蛋，我不是说这件事，而是说江户酱汁的总裁。”

市川先生说，江户酱汁的江田会长是创始人江田吉三郎的亲生孩子，也是第二代董事长，带领公司在战后急速成长，股票在东证一部上市，也进军国外，对公司有很大的贡献。因为一直单身，所以没有儿女当接班人，最后提拔优秀的员工担任董事长，自己很早就退居总裁一职，但目前仍然对经营团队有很大的影响力。

董事长深感佩服地说：“江户酱汁的总裁说，做酱汁，也要种蔬菜，所以经营了直营的农场，也很早就开了餐饮连锁店，扩大公司规模，还在中国和东南亚各国生产酱汁和调味料，听说江户在那些国家已经成为无人不知的品牌。而且，总裁很喜欢歌舞表演，长期赞助二季剧团，也持续支持青空云雀和北岛一郎，是演艺界背后的重要人物。”

董事长大肆称赞了总裁的业绩后嘀咕：“这么了不起的人物，为什么会对你这种人产生兴趣……世界之大，真是无奇不有啊。”

我很想对他说：“不用你管。”

礼车在银座并木大道上一家气派的餐厅前停了下来，听说这家三星的餐厅也是江户酱汁的直营店。两名身穿西装的男人恭敬地站在金碧辉煌的入口等我们。

“请问是万董事长和丘惠理佳小姐吗？欢迎两位的莅临，我是江户酱汁董事长办公室的本田。”

“我是公关室长山城，感谢两位在百忙之中大驾光临，在此深感惶恐。”

两个人同时递上了名片，恭敬的态度让人感到心里发毛。“啊，幸会，我是万铁壁。”董事长从格子西装的内侧口袋拿出名片夹，双手各拿了一张名片递给他们。那两个人看到名片上印着“前拳击手　现任董事长”的头衔，都愣了一下。

“山城就是让《小旅行》喊停的罪魁祸首，为了总裁大人，真是辛苦他了。”走在走廊上时，董事长在我耳边小声说道。

看着走在我们前面的那两个人抬头挺胸、步伐整齐的样子，就可以知道总裁在公司内部的影响力有多大。

系着黑色领结的工作人员敲了敲最后方那间包厢的门，静静地打开了。挺得像根竹竿般的本田对着包厢内说：“打扰了……总裁，两位已经到了。”

董事长鞠了一躬，我也跟着鞠了一躬后，静静地走进了房间。当我抬起头看向前方时，忍不住倒吸了一口气。

坐在桌子中央的竟然是一位气质高雅、个子娇小的老妇人。

她的一头白发染成淡淡的紫色，一身素雅的米色和服，放在桌上交握的双手上戴了一颗不知道几克拉的黄钻戒指闪闪发亮，凹陷的双眼目不转睛地瞪着我——不，应该说注视着我。她的目光深邃，好像可以洞悉一切。

“我是万代屋的万铁壁，感谢总裁今天的盛情邀请。”

董事长可能早就知道赫赫有名的总裁是女性，所以并没有感到惊讶。

“啊，初次见面……敝人是丘惠理佳。今日有幸认识您，诚惶诚恐。”

董事长打完招呼后，我慌忙用最恭敬的态度打了招呼，但总觉得很老套。

"我是江田悦子，欢迎两位。"总裁面不改色地说道。

服务生静静地拉开总裁对面的椅子，我很自然地坐了下来，开始打量坐在铺着桌巾的长桌子周围的人。

曙光电视台的制作人藤岛先生坐在总裁右侧，满脸紧张的神情，和之前宣布节目结束时的态度判若两人。左侧是番通的德田课长，面无表情的脸上好像戴了一张面具。市川先生坐在藤岛先生旁，铁壁董事长向藤岛先生提出"阿市也要去"，作为答应今天受邀的条件。和赞助厂商餐叙通常很少会邀请节目的导播出席，但董事长提出这次是市川先生提出的策划，所以希望市川先生也一同受邀。董事长旁边是本田室长，山城室长也默不作声地坐在我旁边。

哇噢……眼前的沉重压力到底是怎么回事?

砰。听到软木塞拔起的声音，一个深绿色的酒瓶递到我面前，香槟杯中渐渐倒满金色的液体。本田先生小心翼翼地观察着江田总裁拿起杯子的时机，对大家说："那就为了纪念今天这个日子……干杯！"

叮、叮、叮。大家相互碰着杯子。眼前这种情况，的确需要喝点酒压压惊。我仰头喝了一大口香槟。

干杯后，室内陷入一片寂静。我不知道在这种场合时，谁该最先说话，就连总是发出"哇哈哈"豪爽笑声的董事长也像是不愿错过猎物的猎人般浑身紧张。难道该由我最先开口说话?

我正在思考该说什么，总裁问了一个很普通的问题："你出道几年了？"

我慌忙开始计算。

"是，差不多十五年……嗯，今年是第十六年。她在十八岁出道，今年三十三岁了。"

董事长代替我回答，我松了一口气。

“我并不是问你。”总裁厉声对董事长说道。

董事长“噢”了一声，难得沮丧地低下了头。

“你曾经出过CD，你喜欢唱歌吗？”

果然是大人物，见面之前就已经查清楚我的经历。“你喜欢唱歌吗？”这个简单却又有趣的问题，立刻让我产生了亲近感。

“对，我很喜欢唱歌，但只出了一张CD……不鸣不飞，销量很惨。”

“是吗？你认为销量为什么很惨呢？”

找工作时的面试应该就是这种感觉吧？但是，总裁没有随口说几句安慰或是场面话，而是直截了当地表达她内心好奇的态度，让我感受到这个年纪的人特有的凛然。

“应该是因为比起唱歌，我有更喜欢的事。”

坐在对面的总裁目不转睛地看着我。我正视着她，在她发问“是什么事？”之前就主动回答：“我更爱旅行。”

室内弥漫着惊讶的气氛。总裁眼睛深处闪过一道光，我恢复了平时的状态开始诉说，回应总裁的好奇。

我热爱旅行。

我忘了从什么时候开始爱上旅行……不，一定是在故乡的日子，在最北端的岛屿上生活的时候，就梦想能够像在天空中飞翔的海鸟一样，希望能够像随着潮流出现的海豹一样，去陌生的远方，去“海的对岸”看看。

所以，成为艺人之后，能够去很多陌生的地方，是我最高兴的事。搭电车、搭公交车可以去很远的地方，在那里和某个人见面聊天，吃美食。虽然穿漂亮的衣服唱歌、拍照也很愉快，但能够尽情旅行无疑是最快乐的事。

或许是因为这个原因，我的偶像生涯并不长，但最大的收获，就是成为《小旅行》的主持人。没错，就是贵公司以前赞助的那个旅行节目，有机会主持那个节目，改变了我的人生。

我通过那个节目，认识了出色的工作人员。制作人藤岛先生、导播市川先生，还有支持那个节目的德田先生，以及其他年轻而又充满活力的工作人员，我们就像是卖艺旅行的一家人前往日本各地。我很懊恼自己太词穷，无法表达出那些旅行的经验多么令人雀跃。

很可惜，那个节目暂时告一段落了，但是，《小旅行》让我体会到一件虽然简单却很宝贵的事。

那就是旅行的美好。

在节目暂时告一段落后，我告诉自己，无论是否继续当艺人，无论是否为了工作，我都要持续旅行。旅行不需要任何头衔，不用化妆，只要独自走到天空下，独自走进风里。无论走到哪里，令人怀念的风景，亲切的当地人都一定会接纳我。

因为一个偶然的机缘，再加上铁壁董事长的规划，我有幸成为代理旅人。

起初我整天提心吊胆，也很害怕，不知道自己是否能够胜任代理旅人的工作，但渐渐地，我发现自己乐在其中。因为我发现，不快乐的旅行根本称不上是旅行。

委托我旅行的人都有各种不同的情况，但是，没有人希望我在旅行的时候烦恼，每个人都希望我欣赏美丽的风景，希望看到我灿烂的笑容，希望能够留下闪亮的回忆。

我持续旅行，希望可以为委托人充电。

但其实真正充电的是我自己，是踏在旅途中的我自己。

我现在才发现，在我说话的时候，总裁不发一语地听得出了神，完全没有吃料理，所以其他人也都没有吃。

"啊，对不起，我突然长篇大论。只要说到旅行的事，我就会这样……菜都凉了。"我诚惶诚恐地说道。

藤岛先生和德田先生都松了一口气。当我提到"那个节目"时，可以感受到他们很担心我说一些对他们不利的话。

"菜随时可以吃，"总裁静静地说道，"但只有这一次和下一次，才能听你详细说旅行的事。"

室内的空气再度陷入紧张。铁壁董事长把手上的刀叉放回桌子上问："恕我冒昧请教……您刚才说，下一次听她详细说旅行的事，请问这句话是什么意思？"

江田总裁注视着铁壁董事长的脸，然后将视线移到我身上，好像在试探般缓缓地说："想本公司再度成为你节目的赞助厂商，有一个条件……那就是我要委托你去旅行。"

"啊？"我轻轻叫了起来。不光是我，藤岛先生、德田先生、市川先生和铁壁董事长都忍不住屏住了呼吸。

江田总裁看到所有人都陷入紧张后，用严肃的口吻说："我现在正式委托。欢迎回来小姐，你愿意接受代理旅人的业务，代替我去旅行吧？"

"我早就在等您这句话，我们接受挑战！"我以为铁壁董事长会立刻积极响应，暗自捏了一把冷汗。但董事长知道这次的任务非同小可，所以镇定自若地回答：“请您先说一下委托的内容。”

总裁盯着铁壁董事长看了一会儿，把视线移到我身上，用平静的声音说：“目的地是四国……爱媛县的内子町，你知道那个地方吗？”

《小旅行》曾经去爱媛出外景，当时是以松山的道后温泉为主，内子町自古以来就是一个美丽的城镇，我们曾经讨论过要去那里，但因为预算不足，不得不割舍，当时还感到很遗憾。因此，我立刻回答说：“虽然没去过，但我知道那里。那里是积极保护古迹的先行地区，绵延的白墙和土壁仓库建筑很值得一看，还有成为文化遗产的商家、传统的剧场，听说梯田也很美。伴手礼是……日式蜡烛、日式伞，还有和纸，特产是豆皮寿司、木盆乌龙面和鲷鱼饭。”

因为那次无法前往，让我感到很不甘心，所以我就看了旅游书，上网查了数据，希望有朝一日可以去看看，没想到竟然在这种时候发挥了作用。一听到“内子”这个名字，就立刻像在玩联想游戏般说出一大串内子特色，效果超群，总裁渐渐露出欣喜的表情说：“啊哟，真是如数家珍。”

“只要提到旅行的事，她就好像着了魔似的。”董事长语气开朗地说。

这个时候的他只是比平时稍微安静一点，让人感觉很不错。

我继续问道：“我一直希望有机会去看看……请问为什么要去内子呢？”

所有人听着轻松的话题，终于拿起了刀叉。总裁也将开胃菜的鹅肝派切成小块送进嘴里后，把刀叉放在餐盘上，轻松地回答说：“我有一个远亲住在那里……这个女人和你的经历很相像。”

“噢。”我应了一声，但听不懂这句话的意思。和我的经历很相像？

总裁拿起腿上的餐巾擦了擦嘴角，看了铁壁董事长一眼，然后看着我说：“听说她曾经是偶像歌手。”

铁壁董事长的左手在餐盘和嘴巴之间忙碌地移动，听到这句话时，猛然停了下来。

总裁看着我说：“我虽然没有和她见过面……听说她在修学旅行时来到东京，在街上被经纪公司的人挖角，后来成为歌手出道。之后发生了很多事，最后回到了老家四国。她出道距今已经有三十五年了。”

“真让人好奇啊，”制作人藤岛先生插嘴说道，“请问她当时的艺名叫什么？”

总裁将视线移到铁壁董事长的脸上。

“她叫天川真理，你认识吗？”

我听到董事长的喉咙发出咕噜的声音。转头一看，发现他低头看着餐盘。

“你认识吗？”总裁看着我，又问了一次。

我摇了摇头，老实回答说：“三十五年前，我还没有出生。啊，如果知道歌曲的名字，也许会知道……藤岛先生，你认识吗？”

藤岛先生露出好像有什么卡住喉咙的表情。怎么回事？我又看向市川先生，他也露出相同的表情僵在那里。只有番通的德田课长仍然面无表情，默默地吃着鹅肝派。

“出道的歌曲是《孤独的吟唱》，第二张单曲是《我爱你在深夜》，接下来是《给夕阳的吻》……”

公关室长山城先生从上衣内侧口袋拿出记事本，快速报上了歌名。这些歌名我全都没听过，难道是……不红的偶像歌手？

“你似乎不知道。”总裁看着我紧绷的表情问道，“这也难怪，因为那是在你出生之前，而且只出了三首单曲而已。当时我虽然支持青空云雀和北岛一郎，但对偶像歌手没有兴趣，所以根本没有想到有远亲在演艺圈，而且在我知道她之前，她就已经退出演艺圈了。”

“嗯。”我又傻傻地附和道。我还不知道悦子总裁到底想说什么，她想要打听那个远亲，曾经当过偶像歌手的天川真理的消息吗?

室内再度陷入奇妙的紧张气氛。不知道是否想要缓和气氛，山城室长继续说了下去：

“如各位所知，本公司两年后将纪念创立八十五周年，所以正在编写公司史志。在仔细调查创始人江田家的历史后，偶然发现那位曾经当过偶像歌手的女性是远亲……”

江田家所有的亲人都已经离开了人世，目前只剩下悦子总裁而已。

悦子总裁在昭和五年（1930 年）出生，是江户酱汁创始人第一代董事长江田吉三郎和妻子多惠的长女。之后，江田吉三郎和妻子又生了三个女儿。次女和三女在东京大空袭中身亡，四女美惠子在三岁时，成为膝下无儿的远亲夫妻的养女，搬去了高知县。

悦子总裁的父亲吉三郎出生于香川县贫穷农民的家中，结婚后来到东京，从一家小食堂的厨师做起，之后创立了江户酱汁。战后，公司迅速成长，江田悦子继承了公司，担任第二代董事长。悦子总裁没有结婚，始终保持单身，六十岁时，将董事长一职交给了公司培养的干部，自己退居总裁一职。之后，她的父母离开了人世，悦子总裁举目无亲。

在编写公司史志的过程中，重新回顾江田家发生的所有事时，悦子总裁突然很在意比她小四岁的幺妹美惠子之后的下落。

悦子总裁读小学一年级时，年幼的妹妹被之前从来没有见过的亲戚叔叔带走了，妹妹说叔叔家有很多点心和玩具，她要去叔叔家玩，满脸喜悦地出了门。其他妹妹都羡慕不已，只有悦子总裁内心有一种莫名的不安。不知道为什么，她觉得以后恐怕再也见不到妹妹了，所以当妹妹打开当时住的破屋木门时，她对着妹妹矮小的背影大叫："美惠，记得早点回来！"

妹妹猛然回过头，露出兴奋的笑容，很有精神地"嗯"了一声。妹妹穿上母亲用自己的和服改的蓝底白色花纹洋装，也许是因为穿了出门才会穿的洋装特别高兴，她在原地转了一圈，短裙的裙摆都飞了起来。当时，姐妹俩谁都没有想到，这一别竟然成为永别。

之后，另外两个妹妹在战争中身亡。江户酱汁成为一家大企业后，父母也都没有提起美惠子的事。

只有一次，母亲在临终前，迂回地向悦子总裁提起了这件事。当时，悦子总裁的父亲已经离开了人世，医生说，久病住院的母亲可能日子不多了，她向医生要求，希望和悦子总裁单独相处。当悦子总裁坐在病床旁的椅子上时，她伸出干瘦的手，摸着悦子总裁穿着裙子的膝盖小声嗫嚅："小悦啊，你还记得你其实有三个妹妹吗？"说完这句话，她就静静地离开了人世。

悦子总裁认为这是母亲的遗言，立刻开始寻找妹妹的下落，希望妹妹能够来参加母亲的告别式。可惜因为战争的关系，收养妹妹的远亲下落不明，虽然打听到一些消息，但最后还是没有找到美惠子，这件事之后也没了下文。

明年悦子总裁将八十岁，也就是母亲当年去世的年纪，刚好有机会回顾江田家的历史，悦子总裁决定认真寻找美惠子的下落。她委托了这方面的专家仔细调查，发现了令人意外的事实。

美惠子在战前和住在高知县郊区的养父母过着节俭的生活，但战争让他们的生活发生了很大的改变。养父被征召上战场，死在南方岛屿；养母在高知大空袭的火灾中身受重伤，在战争结束之前，死于疏散地的梼原村。十一岁的美惠子被疏散地梼原村的农户收养，不久之后嫁给那户人家的亲戚，生了一个女儿，在二十五岁就病故了。她短暂的一生壮烈而悲凉。

美惠子留下了独生女。

“……她就是天川真理……女士吗？”我战战兢兢地问道，悦子总裁缓缓点着头。

“听说她的本名叫真理子，国泽真理子，今年五十三岁，目前在内子经营一家名叫‘山桃’的咖啡店。”

……原来已经调查得这么清楚。虽然已经了解了这么多情况，但悦子总裁仍然没有去见她。

仔细想一想，就发现这很正常。对天川真理来说，根本不知道她的姨妈是何方神圣——不，如果股票在东证一部上市的大企业江户酱汁的总裁坐着礼车，率领公司的干部前往她经营的咖啡店去找她，对她说：“我是你妈妈的姐姐，也就是你的姨妈。”她一定会大惊失色。更何况也不清楚真理子是否知道自己母亲的身世。

同样是陌生人，如果是年纪比较轻的女人带着开朗的心情，在轻松的气氛中见面，或许不会产生警戒。

也就是说，旅行的目的——去见和悦子总裁有血缘关系，目前活着的唯一亲人真理子。

“所以，本次旅行的目的，是去内子见真理子女士，调查她目前的情况吗？”

平时在与委托人面谈时，都由铁壁董事长负责确认旅行的目的，但今天不知道为什么，在上了第二道开胃菜时，董事长就完全保持安静，也只字不提认不认识悦子总裁那个以前曾经当过偶像歌手的外甥女。三十五年前，董事长已经在演艺圈摸爬滚打，算起来应该是在他创立万代屋之前，和宿敌常盘千一在米泽经纪公司工作的时候。

“啊哟，你说‘调查她目前的情况’，又不是要去当侦探。你不是旅人吗？”总裁说完，笑了起来。

听了江田家曲折的家世后，我的确陷入了一种以为自己是侦探的错觉。

“我希望你去见我的外甥女真理子……和她一起去为我妹妹扫墓。目前我还没有查到我妹妹的坟墓在哪里……在你完成这些事之后，再把这个……”

总裁说到这里，本田室长拿起放在脚边的公文包，从里面拿出一块淡紫色的绢绸巾。总裁从本田先生手上接过那个折起的绢绸巾后递到我面前说：“可不可以请你把这个供在墓前？”

我只好用双手接过绢绸巾。绢绸巾很轻，感觉里面什么也没有。

“请问这是……？”

听到我的问题，总裁笑了笑：“如果你有机会到我妹妹的坟墓前，再请你打开。在此之前，绝对不可以打开。”

这句神秘的话好像是以前听过的童话故事的其中一段。我只好对她点点头。

“要以什么方式报告成果呢？”

平时也都是由董事长负责确认报告成果的方式，但他还是不发一语，我只好继续问。总裁再度笑了笑说：“你把这块空的绢绸巾交还给我，就当作是这次旅行的成果吧。”

和总裁的晚餐在祥和的气氛中顺利结束了。

“那就一个星期后见，期待你带来的成果。”悦子总裁在餐厅金碧辉煌的入口送我和铁壁董事长离开时说道。

她身体挺得很直，充满活力的样子让人完全感受不到她七十九岁的年纪，同时有一种不容我们有任何意见的强悍。我正准备答应，瞥了一眼身旁的铁壁董事长。董事长紧闭双唇，额头上冒着冷汗。总裁锐利的双眼注视着董事长，似乎在等他说：“那我们接受您的委托。”

董事长深深地鞠了一躬，似乎不敢正视总裁有点冷漠的视线，然后快步走向等在路旁的礼车。我也慌忙跟了上去。

董事长的态度很奇怪，他怎么了?

今天晚上，他只有在一开始时说了两三句话，之后始终没有开口，而且直到最后，都只有发出“噢”“嗯”的附和声，和平时很不一样。平时和委托人面谈时，他一打开说话的开关，就滔滔不绝地没完没了，望乃每次送茶进来时都会向我咬耳朵说：“你想办法叫他闭嘴，让委托人说话。”

这次的任务关系到《小旅行》是否能够起死回生。难道他是因为压力太大，胃痛了吗?

还是因为他吃不惯法式料理?

坐上礼车的后车座，有人挡住即将关上的车门说“等一下”，是导播市川先生。

市川先生似乎很在意除了悦子总裁以外，一起到门口的其他人——董事长办公室的本田室长、公关室的山城室长、德田课长和制作人藤岛先生。他很快对着车内问："铁壁先生，你打算怎么办？如果你不吭气，就变成答应接下这个委托了。"

"什么意思？"我忍不住感到惊讶。因为这是悦子总裁亲自拜托，而且关系到《小旅行》的复活，怎么可能不接受委托？

"市川先生，你在说什么啊，机会难得，当然要接受啊。董事长，对不对？"

我转头看向董事长时，倒吸了一口气。董事长双肘支在腿上，垂着四方形的秃头，那不是沉思者，而是烦恼者的姿势。

"董事长，你怎么了？身体不舒服吗？"

我战战兢兢地看向市川先生，他默默对我做出"我再打电话给你"的手势。我点了点头，市川先生关上了车门。

车子启动后，董事长仍然闷不吭气。到了经纪公司门口，一下车，董事长终于开了口："我先回家了。"

然后，他立刻拦了出租车，带着沉重的表情离开了。

到底是怎么回事？

我叹了一口气，正打算走进经纪公司所在的大楼，发现放在皮包里的手机在振动。我拿出手机，看到液晶屏幕上显示"市川导播"。我接起电话说话之前，电话中就传来市川先生紧张的声音。

"小丘，我接下来说的话很长，你方便吗？"

我不禁点了点头，市川先生好像看到了我点头，立刻继续说道："我原本安排你和江田总裁会面，希望能够让《小旅行》起死回生。我知道现在这么说很不上道，但是，小丘，拜托你，可不可以当作没这回事？"

市川先生的话完全出乎意料，我惊讶不已。这是怎么回事？

“今天的事……你是说，委托旅行的事吗？”

我不相信有这种事，但还是向他确认。

“没错，就是江田总裁委托你旅行的事。”市川先生说话的语气很谨慎。

我苦笑起来，觉得好像听到了不好笑的笑话：“这……怎么可能嘛，因为我已经接受了要供在美惠子女士墓前的绢绸巾，如果到时候没有把里面的东西供在墓前，后果……”

“我知道，到时候我会负起责任。小丘，拜托你。如果你去内子旅行……”

“会怎么样？”我咄咄逼人地问。

市川先生就像是团队中值得信赖的父亲，但我这次不想听他的拜托。

市川先生停顿了一下，好像下定了决心：“铁壁先生可能无法继续在这个行业生存。”

9

我把头顶在车窗玻璃上，随着电车的节奏哐当、咕咚地摇晃着。我又不怕死地踏上了旅途。

我第一次带着这样的心情踏上旅程。

内心乌云密布，雨云始终没有消散，但我还是出发了。

没有人送行，没有人向我挥手，我也没有面带笑容地向任何人挥手道别。一个人从羽田机场飞到了松山机场。

这趟旅行的出发太冷清了。

我从松山机场搭公交车前往松山车站，再从松山车站搭上电车。即使看着车窗外恬静的风景，也完全没有兴奋的感觉。如果在平时，早就开始吃铁路便当，阅读在这个地区诞生的作家所写的作品，想象接下来的旅程，原本应该是最快乐、最兴奋的时刻。

我即将前往爱媛县喜多郡内子町。

我之前就很希望有机会造访这个朴实自然，却宛如一颗宝石般的城市。然而，铁壁董事长绝对不希望我来这里旅行。

我要去见这趟旅行的委托人悦子总裁唯一的外甥女。她和我很相像，以前曾经是偶像歌手，现在她在干什么呢?

最在意这件事的不是我，也不是悦子总裁，而是铁壁董事长，但他应该也是最不想知道她近况的人。

我不小心——不，我当初理所当然地接受了悦子总裁的委托。因为这趟旅行关系到《小旅行》是否能够复活，我当然不可能不接受。

但是，在接受之后，接到了市川先生的电话，得知了极其震撼的事实。

“如果你去内子旅行……铁壁先生可能无法继续在这个行业生存。”

市川先生说完这句话时，我怀疑自己听错了。

天川真理，不，国泽真理子，被铁壁董事长挖掘后，成为在演艺圈出道的偶像歌手，但短短两年后就退出了演艺圈。因为她怀了铁壁董事长的孩子。

十年后，董事长和真理子离婚了。真理子临走时留下一句“我再也不想看到你”，然后就回了老家。

我难以相信，但是，市川先生说，悦子总裁一定知道铁壁董事长和她外甥女的关系，特地提出这个委托。

“她一定早就调查清楚了，所以她才决定委托这趟旅行，想要彻底教训铁壁先生。”

市川先生在电话中的语气很懊恼，好像已经看到了推理小说的结局。

“等一下，”我急忙回答，“我现在知道董事长和真理子曾经是夫妻……虽然我无法相信他竟然和自己挖掘的偶像歌手奉子成婚，但这不是几十年前的事了吗？为什么事到如今，江田总裁要教训铁壁董事长？”

“小丘，你真是太天真了。”电话中传来叹息声，“在演艺圈，江田悦子的谨慎无人不知。国民歌手青空云雀和北岛一郎获得江田总裁极大的支持，但江田总裁也要求经纪公司严格管理歌手，不可以有任何绯闻或是八卦，必须保持形象。青空云雀成功地做到了这一点，所以才能够成为国民歌手，却也因此终身未婚。那个总裁就是这种人，虽然已经是陈年往事，一旦得知和自己有血缘关系的外甥女这么不幸，即使已经过了数十年，仍然想要报仇。”

“不是啦，我是说，”我的语气有点急躁，“为什么要报仇？真理子到底有多不幸？虽然怀了孕，但董事长不是和她结婚了吗？她觉得这样很对不起她外甥女吗？”

“因为……”市川先生吞吐起来，“结婚之后，发生了很多事。在发生了很多事之后，她带着孩子的骨灰回了老家。”

冰冷的冲击贯穿内心，就像是坚实的冰块骤然裂开。

虽然不知道是什么原因，但董事长和真理子所生的女儿死了，当时才十岁。

“这已经是二十多年前的事了。当时，我还只是一个不起眼的助理导播，铁壁先生很照顾我。那时候他成立了万代屋，意气风发地打算好好培养一流的演员和歌手。他太太在女儿死了之后极度失望，主动向他提出离婚。”

“原来是这样……”我的声音忍不住变得消沉。

“但如果像你说的那样，不是董事长很不幸吗？他女儿死了，他太太还提出离婚，为什么总裁还要责怪董事长？”

市川先生在电话彼端再度吞吞吐吐，其中似乎有难以向我启齿的隐情。我再度感到沮丧。

我和市川先生通了电话后知道，这件事牵涉到难以解决的复杂往事。

如果我接受这次旅行的委托——铁壁董事长可能会被悦子总裁击垮。市川先生认为，如果我和真理子见面时，她的反应很负面，比方说，至今仍然无法原谅铁壁董事长，或是至今仍然对他厌恶之至，那么悦子总裁可能会施压，把万代屋赶出演艺圈。

我当然不能坐视这种情况发生。如果这样，就只能婉拒委托吗？

虽然我之前并不知情，现在才知道悦子总裁在这个行业的影响力，以及她严肃的性格似乎无人不知，但从制作人藤岛先生和番通的德田课长毕恭毕敬的态度，也能察觉这一点。在演艺圈闯荡将近三十年的市川先生也对她闻风丧胆，也许个性严谨的她真的会采取“报仇”行动。

然而，我始终不认为悦子总裁委托我旅行的目的是为了“彻底教训铁壁董事长”。

我没有明确的理由，只是悦子总裁凛然的外表、她的风格，以及她交给我的淡紫色绢绸巾，似乎都在对我说——

我只是希望你去旅行，来一趟充满怀念的美好旅行，一趟热血沸腾的旅行。

如果你有机会到我妹妹的坟墓前，再请你打开。在此之前，绝对不可以打开。

在我接过绢绸巾时，总裁说的那句好像取自童话故事的话，始终在我脑中回响。

旅行的本能告诉我，抬起头，迈开步伐去旅行。

到底该不该去？

每次接受旅行的委托时，都会最先征求董事长的意见。这次他却成为最大的阻碍，正如他的名字——铁壁。

我把“去的情况”和“不去的情况”放在天平上衡量，小心谨慎地分析了结果。

如果不去，《小旅行》起死回生这件事就泡汤了。这件事毋庸置疑，概率是百分之百。

如果去了,董事长就会被赶出这个行业,但那只是市川先生的想象。概率是零，或者是一百。

既然这样……

和市川先生通完电话后，我不想再回经纪公司，搭地铁回到家，倒在床上思考了很久。虽然很想打电话给母亲商量，但不希望引起她不必要的担心，所以最后决定作罢。

天快亮时，我都无法合眼。当窗外的天色渐亮时，才终于昏昏沉沉入睡，结果不小心睡过头了，冲进经纪公司时已经迟到了很久。

见到董事长后，一定要向他问清楚，到底该不该接下悦子总裁的委托。

虽然我去公司之前已经下定了决心，但平时总是放满各种体育报娱乐版的董事长办公桌，今天特别干净。

“董事长先去其他地方再来吗？”

虽然我觉得不太可能，但还是问了望乃。

“他说吃坏肚子了，所以今天请假。他平时吃过期便当都照样活蹦乱跳，一定是吃了不习惯的法式大餐才会这样。”望乃停顿了一下，又若无其事地说，“你不也是吃坏肚子迟到了吗？”

我更加担心了。

昨天的事对铁壁董事长造成的打击可能超乎我的想象。

“和江户酱汁总裁见面还顺利吗？《小旅行》从什么时候开始播出？曙光电视台当然也很有意愿吧？酬劳的事已经谈妥了吗？”我无力地坐在自己的桌子前，望乃紧追不舍地问。

我心神不宁，不想回答她的问题。

望乃露出很受不了的表情说：“怎么是这种表情？该不会破局了？

不可能吧？”

“那倒……”说到一半，耳朵深处响起市川先生悲痛的声音，“可不可以当作没这回事？”

不，我当然不可能当作没这回事，因为我已经确认了报告成果的方式。

“你把这块空的绢绸巾交还给我，就当作是这次旅行的成果吧。”总裁在说这句话时露出了微笑，我只能相信她的微笑。

“望乃姐姐，可不可以请你为我订机票？”我心不在焉地看着计算机屏幕，突然对在办公桌前按计算器的望乃说道。

望乃扬起嘴角笑了起来：“我就知道。”指尖继续用力按着计算器。

“这次旅行的委托内容是什么？北方还是南方？抑或是海外？……对了，到底是谁委托的？”

对了，在昨天之前，我们都还以为只是和悦子总裁针对《小旅行》复活一事进行会谈，所以望乃应该没有想到，总裁竟然亲自委托我去旅行。

“在餐叙时，江田总裁亲自委托我出任务，而且这是条件。如果这次任务顺利，就愿意成为《小旅行》的赞助厂商。”

望乃听了，立刻用力探出身体：“真的吗？太厉害了。报酬应该很可观，要去哪里？”

“四国。爱媛县内子町。”

“啊哟，很棒啊，那里是一个好地方。委托内容是什么？”

我这才想起，可以和望乃商量。包括她当性感偶像时代在内，她在万代屋经纪公司已经三十年了，应该也知道董事长结婚、离婚的始末。我鼓起勇气问她：“江田总裁唯一的亲人——她的外甥女——住在内子。我要去见那个人，而且这个人的经历很有趣。”

“噢，是怎样的经历？”

望乃比平时更加兴奋。我要趁势把这件事告诉她。

“听说她以前是偶像歌手。”

“啊哟，”望乃睁大了眼睛，“那不是和你一样吗？”

“是啊，听说艺名叫天川真理。”

望乃充满好奇，想要听艺人八卦的脸上立刻布满愁云。望乃果然也知道。

“最近在调查江田家的历史时，得知送去别人家当养女的妹妹有一个女儿，也就是外甥女还活着。她就是以前曾经当过偶像歌手的天川真理，江田总裁以前似乎并不知道真理小姐在演艺圈……”

“啊，是噢。”望乃的语气突然变得十分冷淡，“你接受委托了吗？董事长同意你接受委托？”

我摇了摇头。

“他没有说可以或是不可以，昨天餐叙结束后，他就回家了，之后也没有联络。”

“噢。”望乃意兴阑珊地应了一声，低头看着计算器，陷入了沉默。

看到她一下子安静下来，我不禁着急起来。即使我想问真相，她恐怕也不会告诉我。

“呃，那个……后天去松山的机票……”

我想要拉回主题，望乃再度按着计算器，小声嘟哝：“自己去订啊。”

“啊？”我忍不住反问。

“我不是说了吗？你可以自己去订。既然你不顾董事长的意愿，坚持要去旅行，不管是内子还是外子，想去哪里就去哪里。”

啪。她用力拍了一下计算器后站了起来。

“我原本以为你不是这种人，没想到比起董事长的心情，你竟然更重视委托人的要求。”

我惊讶不已。望乃第一次用这么强烈的口吻和我说话。

望乃抓起挂在旁边椅子上的背包和上衣对我说：“我不舒服，先回家了，明天可能也不来了。”

“喂……为什么？董事长和你都太奇怪了。为什么这趟旅行这么……”

我慌忙追了上去，望乃冷冷地说：“那就祝你旅途愉快，玩得开心啊。”然后用力在我面前把门关上，就离开了。

于是，我踏上了旅程，而且即将到达内子车站。

会有什么真相在等待我？在这三天期间，我能够见到真理子吗？

真理子得知有一个姨妈，而且知道那个姨妈的身份，会不会感到惊讶？

如果她知道上门找她的我是“前偶像旅人”，会不会感到惊讶？

如果她知道挖掘我的，和挖掘她的是同一人，也就是她的前夫万铁壁，会不会感到惊讶？

山桃咖啡店位于很普通的商店街角落。

这条商店街从内子车站走来需要七八分钟，老旧的店家毗连，不时夹杂着的白墙和黑色屋瓦形成对比，看起来是很有威严的仓库建筑民宅。虽然这里离传统建筑保护区还有一段距离，但走在风情淳朴的街道上，内心自然涌现出怀旧之情，很想对迎面而来的行人说：“我回来了。”

那家咖啡店在老旧民宅的一楼，屋龄有好几十年了。门上挂了一个小相框，相框里有一张淡黄褐色的和纸，用毛笔写着“山桃”。我站在大窗户外，悄悄向店内张望。

下午两点，不知道是否因为午餐时间已过，店里没有人影。有一个女人在吧台内低着头。她是真理子吗？

我在网络上查了天川真理的照片。从飘逸的蓬蓬袖衬衫和迷你裙下露出的手脚细得像树枝，虽然没有倾国倾城之貌，却是一个漂亮的女人。只是她唱的歌让人不敢恭维，以前的偶像脸上常见的那种不自然笑容看了让人于心不忍。可能当时并不是很红，所以在网络上完全找不到任何影片，奉子成婚，退出演艺圈这些事也没有成为新闻。在没有走红之前就从演艺圈消失，对婚后的铁壁董事长和真理子来说，反而是一大幸运。

那个女人突然抬起头，和我四目相接。我从她的笑容中得到了勇气，推门走进店内。“欢迎光临。”她的声音很清新，我在窗边的座位坐了下来。

要从何说起呢？

或许不必主动告知我是艺人丘惠理佳，因为她曾经是偶像歌手，所以或许会感到好奇，一旦问到我所属的经纪公司，我就不得不回答她。

不，也许我不说，她也会察觉。她以前当过艺人，也许对这方面很敏感。

啊，我太大意了。早知道应该变装一下。因为我一个人决定要来内子，然后拿起行李就出了门，当时并没有想到那么多，现在才发现好像有点出师不利。

“请问你要点什么？”

听到声音，我猛然回到现实。刚才站在吧台内的女人端着放了水杯的托盘站在我面前。我低头看着桌上用和纸手写的菜单。

“啊，呃，那我要这个，白玉冰激凌馅蜜和鲜柠檬汽水。”

“啊哟，”那女人轻轻笑了笑，“酸的配甜的。”

“啊，对啊，好像太酸了，那我要水果圣代和冰激凌苏打。”

“圣代和冰激凌……会不会太甜了？”

女人开心地笑着，把我点的餐记了下来，然后问我：“你是从东京来的吗？”

我低着头，含糊其词地回答：“嗯，是啊。”

“也许是因为太疲劳了，所以这么想吃甜食，但是，既然已经来到这里，就不用担心了。”

我抬头看着她。她身材纤瘦，巴掌大的脸，脸颊有点凹陷，可以隐约感受到她在偶像时代的面容。她果然就是天川真理——国泽真理子。

真理子面带微笑注视着我的脸，我低下头问：“请问这句话是什么意思？”

“当你觉得忙坏了,或是想要放弃时,这个城市能够让你心情放松。这是我的亲身体会，这个城市让我受益良多。”

真理子走回吧台内，打开冰箱，拿出冰激凌的盒子，忙碌地准备起来。

“我并不是在这里长大的，我的故乡在高知。虽说是高知，但并不是在中心，而是往西，更乡下的地方。”她在闲聊之后，讲起了自己的身世。

我探出身体。

“是吗，是哪里？”

“你应该不知道，那是一个叫梼原的地方，真的是穷乡僻壤。”

我怎么可能不知道，因为我事先做足了功课。

“我知道梼原，木字旁加一个寿字，原野的原。四周都是森林，还有一望无尽的梯田，绿意丰沛。虽然四国喀斯特地貌很有名，但我还是对维新之道更有兴趣，想到那是坂本龙马和幕末的志士踏出开拓日本第一步的地方，就觉得它很了不起。因为那条路通向我们目前生活的日本。”

真理子打开保鲜盒后，两只手就停了下来，语带钦佩地说：“你太厉害了，能够知道梼原的正确写法就很了不起了。你是时下流行的那个……钟爱历史的‘历女’？”

“不，也不算是啦……对，我是如假包换的历女，而且是维新专门的历女。”我原本打算否认，但随即全面肯定。因为仔细想一想后发现，如果不喜欢历史，对梼原一带那么熟悉就很奇怪，所以干脆承认自己是历女。

“是噢！”真理子再度瞪大了眼睛，“原来是维新专门，那我问你，你喜欢吉村虎太郎还是那须信吾。”

“啊？”这次轮到我瞪大了眼睛。因为这个问题并不在“内子、梼原、真理子假想问题集”中。

“如果要选的话，我比较偏爱，呃，像是胜……胜海舟……”

我硬挤出这个名字，但话还没有说完，店门被用力打开，五个大婶冲了进来，一下子围住了我。

“哇噢，揪赞揪赞！你真的是欢迎回来小姐吧？！”

“怎么了？你怎么会来内子？是因为《小旅行》吗？”

那几个大婶一直叫着“揪赞揪赞”，拉着我的手用力摇晃着，搭着我的肩膀，用手机拍照，而我任凭她们摆布。

“怎么回事啊？客人都被你们吓到了。”那几个大婶太激动了，真理子惊讶地插嘴问道。

其中一个大婶激动地说：“真理子，你在说什么啊，她是欢迎回来小姐啊，就是经常旅行的那个艺人。”

开始代理旅人至今，从来没有被任何人认出来，也根本没有人要求握手或是拍照，为什么偏偏今天被认出来？真理子看到我就像做坏事被抓到的小孩子一样缩着脑袋“啊”了一声。

“艺人？她吗？……不会吧，她看起来很普通啊。”

这句话也很伤人。事到如今，只能据实以告了。我站了起来，对着真理子说：“不好意思，刚才没有自我介绍。我姓丘，昵称‘欢迎回来’，职业是……前偶像歌手，现在是旅人。”

我豁出去了，模仿铁壁董事长名片上“前拳击手　现任董事长”的头衔，鼓起勇气自我介绍。真理子傻傻地噢了一声，似乎不太相信。

“我曾经主持《小旅行》这个节目多年，在日本各地旅行，介绍各地的美食和美景。每周六上午九点半到九点五十五分播出，是由……‘酱汁当然要江户酱汁’赞助播出的。”我看着真理子的脸继续说道，但她还是一脸无法相信的表情。我有点伤心。

“真理子什么都不知道，因为她从来不看电视，说电视太吵了，所以都不看。还说电影也都是假的，所以也很讨厌。”另一个大婶插嘴说。

真理子苦笑起来。

“是啊，我家没有电视，也没有摄影机，当然也没有电脑，连手机也没有，是不是很落伍。”

“难怪你不认识欢迎回来小姐。”另一个大婶语带同情地说。

“你为什么会来这里？是录节目吗？这家店会上电视吗？”

“呃，这……”我有点结巴。

“她是历史迷，对内子的历史很有兴趣，所以私下来这里玩，所以你们在这里遇到欢迎回来小姐的事要保密，知道吗？”

哇，接得好！但我怎么可以让真理子为我解围？

“是啊，我以前曾经来松山出外景，但因为时间不够充裕，所以无法来内子，之后就一直想来这里旅行，想要随便走走看看，和这里的人聊天，吃吃美食。这次来爱媛，准备住三天两夜，有一种梦想终于实现的感觉。”

我并没有说谎，自从《小旅行》来松山出外景后，我真的一直这么认为。但是以这种方式实现，心情有点复杂。

“原来你无论工作还是休息的时候，都喜欢旅行。”其中一个大婶语带佩服地说道。

其他大婶也频频点头说：“原来是这样。”

“就像鲔鱼一样，必须随时游动，一旦停下来就死了。”

听到这么唐突的比喻，我和真理子互看了一眼，同时笑了出来。啊哈哈。我笑得心情很畅快。

“揪赞揪赞。”真理子说道。

“揪赞”似乎是这里的方言，可能是“很棒”“很厉害”的意思。这句话听起来很清脆响亮，感觉很有精神。我爱上了这个形容词，觉得是内子人的象征。

“既然这样,那我们就来让揪赞的鲔鱼小姐感受一下内子的魅力。”

“好啊，好啊。”那几个大婶活力十足，分别点了咖啡和馅蜜，马上为我举行了内子讲座。

喜多郡位于爱媛县正中央，从江户时代开始，就因为野漆树的运输而繁荣，生产木蜡、和纸，目前内子町中心的街道，是江户时代至明治时代所建的商人住宅，没有多余装饰和招牌的白墙黑瓦房子简洁优美。在全国率先推动保存街道的活动，所有居民团结一致，保护了这些古老的建筑。

据这些大婶介绍，这里的居民不同意改建成现代感的街道，不希望将这里改变成随处可见的城市风景，而是要保留这里的特色。居民的这种想法造就了目前的内子。

“三十年前，地方小城镇的人有这种想法简直就是奇迹。因为当时很多小城镇的人为了拯救渐渐没落的城镇，都认为必须改建成像东京一样的‘现代风’。”真理子深有感慨地说。

那几个大婶中的一个满脸得意地点了点头说：“这里的努力也得到了外国人的认同，被米其林指南上介绍是一等星的景点。”另一个大婶立刻纠正说：“不是‘一等星’，而是‘一颗星’。”所有人都笑了起来。

“真厉害，原来还受到了世界的认同……揪赞啊。”

听到我这么说，所有的大婶都很神气地说：“没错。”真理子也开心地露出微笑。

“欢迎回来小姐，你接下来打算去哪里？”真理子问我。

“我没有特别安排什么行程。”我回答说，“听了大家的介绍，我想去呼吸一下街上的新鲜空气，漫无目的，随便走走看看。”

真理子对我嫣然一笑。

“我可以陪你去吗？我想要向你介绍一下获得‘一颗星’的城镇。”

我当然求之不得，忍不住兴奋地问：“真的吗？”

打工的人刚好来店里上班，真理子把店交给她后，在大婶军团的目送下，我们来到马路上。

十一月的凉风吹在发烫的脸颊上很舒服。传统的和果子店，贩卖当地名产“丸寿司”的鱼店，还有成为这个城镇特色的传统建筑保护区。“你看，是不是很美？”“揪赞吧。”真理子一路上开心地向我介绍，我注视着她瘦削的侧脸，也跟着一起高兴起来。

她在偶像时代很漂亮，但随着年纪的增加，我觉得她更漂亮了。

她是一个出色的女人，就像敞开的窗户，充满了清新的感觉。内子这个城市透过真理子吹来的风太舒服了。

狭窄的巷弄内，一栋栋白墙建筑整齐排列。漫步其间，内心渐渐涌起怀念的感觉。不是因为街道老旧的关系，而是渐渐觉得，我好像和母亲一起旅行。

我的母亲今年五十八岁，比真理子稍微年长，是一个十足的乡下大婶，但不知道为什么，我觉得真理子和我母亲有点相像。

比方说，母亲经常很有精神地放声大笑，或是夏天的时候，指着山丘远方的落日说：“很厉害吧？”得意的样子简直就像落日是她准备的。真理子一些不经意的表情和话语，悄悄唤醒了在我记忆深处沉睡的母亲。虽然只是和她一起走在街上，但我内心渐渐充满了怀念之情。

有人在路旁设摊卖柿干。“啊，柿干，我最喜欢吃了。我去买。”我跑向卖柿干的摊位，试图摆脱这种怀念的感觉。

“我要一袋。”

我想拿皮夹，不小心从LV托特包内拿出那块淡紫色的绢绸巾。啊，我在嘴里嘀咕着。

没错，这才是我此行的任务。我必须把这块绢绸巾供在真理子母亲的墓前。

和真理子共度的时光太愉快了，我竟然忘了此行的目的。

真理子听说我之前是偶像歌手时，也许想起了自己以前的事，所以才会这么照顾我，似乎希望我能够充分享受这趟休假旅行。

“既然已经来到这里，就不用担心了。”我想起一见到真理子时，她对我说的这句话，“当你觉得忙坏了，或是想要放弃时，这个城市能够让你心情放松。这是我的亲身体会，这个城市让我受益良多。”

“怎么了？没有零钱吗？”背后响起真理子的声音。

我慌忙拿出皮夹付了钱，从袋子里拿出一个柿干说：“请你尝一个。”

“谢谢，那我也送你一样东西，请你收下。”真理子说完，递上一本手掌般大小的和纸便条纸。

“哇，这该不会是大洲和纸？”

“嗯，我在那家店买的。日式蜡烛固然不错，但我希望你带这个回去，作为来内子旅行的伴手礼。”她露出有点害羞的眼神看着我，小声地说道。

“因为这种和纸救了我。”

我们走在夕阳渐渐染红的窄巷内，真理子向我说起了往事。

年轻的时候，她离开了故乡梼原，搬到了东京生活。在那里工作、结婚，有了家庭，然后发生了很多事，最后一个人孤独地回到了故乡。那都是二十多年前的往事了。

当时的她很孤独，也很寂寞，开始自暴自弃，觉得活着没意思。当时，有人向她伸出援手。

“有一对夫妻在梼原经营手工和纸工坊，他们问我愿不愿意留下来帮忙。”

那对夫妻就是荷兰籍的和纸工匠洋阳赛先生和他的太太千绘子。洋先生年轻时在日本各地旅行，发现这个国家有两件最美好的事物，分别是和纸与千绘子。他在高知和爱媛学习了和纸制作技术，和千绘子结了婚。二十年前，在梼原买了一栋老旧的民房，利用本地的材料，默默地制作和纸，还开设了体验工坊，向许多人传授和纸的美好。真理子在留下来帮忙洋氏夫妇的过程中，也对制作和纸产生了兴趣。

“我对他们说，我想挑战制作和纸，洋先生介绍我到他年轻时当学徒的内子大洲和纸工厂。于是，我就下定决心，搬来了这里。虽然再度离开故乡让我有很多不舍，但他们鼓励我努力改变人生。”

在制作和纸的过程中，真理子和努力维护传统文化的内子当地人产生了交流，个性也越来越外向。这里的人把移居来此的真理子当成老朋友，真心诚意地和她交流。

真理子住在山桃的经营者津根姨的出租公寓内，独居的津根姨像母亲一样关心、照顾真理子。在津根姨卧病在床后，真理子也抱着“照顾年幼时失去的母亲”的心情照顾她，并为她送终。津根姨在临终时对真理子留下遗言说，希望在她死了之后，成为附近居民休憩场所的山桃能够重新开张。

津根姨死后，她的很多远亲瓜分了她的财产，继承山桃经营权的亲戚尊重了津根姨的遗志，委托真理子继续经营这家店。真理子成为店长，将一度歇业的山桃重新开张，并把之前闲置的二楼作为民宿，每天只接一组客人入住。于是，山桃再度成为附近居民和外来游客聚集的场所。

“原来是这样，所以，你现在已经不做和纸……”

真理子听到我的问题，有点落寞地笑了笑。

“很遗憾，我没有洋先生的才华，但是我通过制作和纸，发现了一个事实。那就是这个世界上，有些东西经过时间的淬炼，会变得更美，更坚强，那就是和纸、人与人之间的羁绊……还有回忆。”

真理子注视着我，露出了微笑。我们仰头看着如火般的晚霞映照的天空，她的眼眸中，有着克服无数风暴后的人特有的宁静光芒。

经过时间的淬炼，变得更美、更坚强的东西。

和纸、人与人之间的羁绊和回忆。

我还想加一个，那就是真理子。

她和命运抗争，和内心争斗，承受了无数痛苦，终于接受了时间的流逝。一定是故乡、这个城市、和纸，以及她在这里邂逅的人，造就了今天的她。

随着时间的淬炼，变得更美、更坚强的东西，是人和人之间的羁绊。

我注视着真理子被染成红色的侧脸，决定告诉她真相。

有两个人希望找回和你之间的羁绊。

其中一人是你的姨妈，悦子总裁。另一个人是……

“欢迎回来小姐，如果你还没有决定要住哪里，今晚要不要住在咖啡店的二楼？今天刚好没有人预约，空间很宽敞。”真理子突然对我说。

我毫不犹豫地点了点头。因为事先对这趟旅行毫无把握，无法预料之后会怎么发展，所以并没有订旅馆。

遇到真理子，听她说了自己的身世之后，我仍然无法预料未来的发展。

到底该怎么办？

我们沿着来路往回走，真理子和我都渐渐不说话了。离山桃越来越近，我感受到自己的心跳加速，几乎有点喘不过气。

真理子第一次见到我，就愿意和我分享她的过去，即使并非所有的过去。

她并没有问身为艺人的我，为什么突然来到内子。她一定觉得，眼前这个年轻人，可能在自己也曾经涉足的演艺圈感到痛苦。所以她才会说出自己的往事，鼓励我说“既然已经来到这里，就不用担心了”。她的这份心意令我更加痛苦。

也许我该继续假装利用休假来这里玩的艺人，什么都不说，然后默默离开。

真理子目前的生活很平静。如果告诉她，她的姨妈托我带口信给她，恐怕只会搅乱她平静的心情。

更何况如果她知道我是万代屋旗下的艺人……

我迟迟下不了决心，终于回到了山桃。真理子准备打开门时，突然转过头，直视着我的脸，用平静的声音问我：“你今天住这里也没问题，但我要先确认一件事……你应该不是那个人派来的吧？”

我屏住呼吸，望着真理子。她直视我的眼神似乎在对我说：“不要欺骗我。”

“来这里之后，我的确改变了，但无论过去还是现在，我恨那个人的心情都没有改变。”

我一辈子都不打算原谅那个人——我不会原谅万铁壁。

10

我独自坐在山桃二楼朝南的客厅中央，把脚伸进暖桌里。嘀嗒、嘀嗒。时钟的钟摆发出声响。抬头一看，黑色的大柱子上，挂了一个不知道是哪一个时代的挂钟。长针刚好指向“12”，当、当、当的钟声悠然地响了七次。

“你今天住这里也没问题。”真理子建议我住下，然后问我，“但我要先确认一件事……你应该不是那个人派来的吧？”

真理子口中的“那个人”，就是她的前夫，铁壁董事长。我大惊失色。因为我和真理子见面后，完全没有提到董事长的名字，没想到竟然被她识破了。而且她明确拒绝了万铁壁，我只能喃喃地问：“为什么？”

“详细情况等一下再说，你先回答我这个问题。你是他经纪公司旗下的艺人吧？请你告诉我，是不是他派你来的？”

我们两个人面对面站在山桃的门口，一个大叔走过来问：“咦？真理，你怎么了？”真理子对他挤出笑容说：“啊，芳我先生，欢迎光临，请进。”大叔打开了门，露出纳闷的表情走了进去。

“你无法回答，代表就是这么一回事。”真理子关上门后，痛苦地嘀咕着，然后皱着眉头说，“为什么事到如今……”

我从托特包里拿出淡紫色的绢绸巾。

“不是你想的那样。董事长……铁壁董事长和我来这里完全没有关系，相反，我想他应该不希望我来这里。我是受其他人所托来这里的，和铁壁董事长无关。这个……”

说到这里，我轻轻递上绢绸巾。

“为了把这个供奉在你母亲的坟前。”

真理子低头看着绢绸巾，眼神慌乱地移动着。我要把所有的事都告诉她。我下定了决心，但听到她小声地说：“好吧。显然说来话长，总之，你今天住在二楼，我们晚上再谈。”

于是，她带我来到山桃的二楼。我现在把腿伸进暖桌下，正在等真理子上楼。咖啡店二楼是一个极其舒适的空间。暖桌上有一张用和纸手写的说明书，上面写着，这栋民房建于三百年前。已经去世的津根姨一家世世代代都住在这里，从津根姨那一代开始经营咖啡店，二楼作为仓库使用。真理子觉得二楼的柱子很漂亮，空间也很宽敞，闲置在那里很可惜，所以想到可以作为提供早餐的民宿，每天只接受一组客人的预约。

这里的空间太宽敞了。客厅、休息室、卧室、更衣间，所有的房间都是和室，都整理得非常干净。在不破坏民宅原本风格的基础上，采用了日式装潢，并用和纸、日式蜡烛巧妙点缀，到处可以感受到真理子的创意和品位，以及对内子的热爱。游客来到这个房间，必定会感到放松，同时深有感慨地庆幸自己这一趟来对了。因为这就是我的真实感受。

不，现在庆幸自己这一趟来对了还言之过早。因为我还没有完成任务。总之，不要隐瞒任何事，把所有的真相都一五一十告诉她。当我下定决心后，心情反而平静下来。但我还是很在意真理子对铁壁董事长的感情。

“来这里之后，我的确改变了，但无论过去还是现在，我恨那个人的心情都没有改变。”真理子如此明确地告诉我，好像在向我宣战。

之前听导播市川先生说，他们在女儿夭折后离了婚。虽然不知道他们夫妻之间到底发生了什么事，但我觉得应该是女儿的死，让真理子的心渐渐远离了铁壁董事长。

失去独生女的悲痛难以想象，但是，以董事长的性格，看到心爱的人陷入悲伤的谷底，他一定会努力支持她，希望她重新站起来。难道真理子的悲伤太深，董事长的努力也无法发挥作用吗？

真理子告诉我，一楼的咖啡店会在七点打烊，打烊之后，她会来二楼。我再度看了一眼时钟，七点十五分。应该快上来了。这时，我的肚子突然叫了起来。仔细回想后发现，我在飞机上吃了三明治和咖啡的早餐之后，今天只吃了水果圣代和冰激凌苏打，还有在路边买的一个柿干而已。

既然来到内子，最好能吃当地的特产，鲷鱼饭或是豆皮寿司应该不错。当我心不在焉地胡乱想着这些事时，听到了上楼的脚步声。纸拉门外传来叫声：“欢迎回来小姐，可不可以请你开一下门？”

我起身打开纸拉门，看到真理子站在门外，手上的大托盘上有两个海碗。

“让你久等了，这是内子的名产——鲷鱼饭。”

“哇！”我忍不住欢呼起来，“你怎么知道？我刚好在想，既然来到内子，最好能吃当地的特产，鲷鱼饭……”

“你真会说话，少逗我开心了。”真理子笑了起来。

把鲷鱼饭、茶和今天买的柿干放在暖桌上，我们合掌说了声：“开动了。”不知道是不是因为我不停地说“好吃”“太好吃了”，真理子似乎有点受不了地问我：“你有没有嚼碎？”简直把我当成小学生了。这种地方也让我忍不住想起母亲。

故乡礼文岛的绝品海胆丼很有名，但是，海胆对礼文的人来说，是宝贵的观光资源，是商品，所以当地人平时很少吃海胆丼。我家每天的主菜都是鱼干，但每年有两次，在夏天出生的我和弟弟惠太生日时，我们可以尽情地吃海胆丼。惠太和我总是好像在比赛一样，连声说着“真好吃，真好吃”，一口接着一口吃海胆丼。奶奶、母亲和父亲像平时一样，吃着鱼干，似乎很受不了我们，但还是面带微笑，看着我们姐弟。“嚼碎了再吞下去。”母亲总是这么叮咛还是小学生的我们。

“太不可思议了。”我放下筷子，情不自禁地说道，“和你在一起，我想起了在老家的妈妈。我出生在北海道的礼文岛……可以说是日本的最北端。虽然我妈妈是乡下的大婶，根本无法和你相比……但不知道为什么，我内心充满了怀念。”

我停顿了一下，又补充说：“可能是内子这个地方的关系。”

真理子面带微笑说：“当你这种美女的妈妈也不错。”

我拼命摇着手说：“不不不，你才是美女。虽然我们都曾经当过偶像歌手，但素质不一样，我是那种……”

“你也一直不鸣不飞吧？那我们一样啊，我相信你已经调查过了，我当时是比你更加不鸣不飞的偶像，因为经纪人糟透了，所以也无可奈何。”

她突然挥出重拳，看来接下来会是一场硬仗。

必须在她展开猛烈攻势之前进入正题。我尽可能用平静的语气说：“请问……你怎么知道我是万代屋的艺人？你一开始不是并不知道我是艺人吗？”

“对啊。”真理子似乎做好了心理准备，叹着气回答，“但我知道《小旅行》这个节目的名称，也知道欢迎回来小姐这个名字和所属的经纪公司。差不多三四年前……内子町观光课的负责人来问我，《小旅行》这个节目要来内子采访，问我愿不愿意带他们参观和纸工厂和保护区。”

观光课的负责人带了一份写了节目概要的策划书给真理子，上面写了我的名字和所属的经纪公司。真理子当场拒绝了。她不愿意在电视上当向导，更不愿意为万代屋旗下的艺人提供方便。最后节目因为预算的问题，并没有来内子出外景。

“所以，当那几个大婶发现了你，冲进店里，叫着欢迎回来小姐、《小旅行》时，我已经发现了，猜想是不是那个人派你来的。”

我整个人缩成一团，小声地嘟哝：“简直把我当成了刺客。”

“不过，和你一起散步之后，我知道你不是刺客。”她笑着说，“虽然我不知道他在打什么主意，但你身为旅人，发自内心地喜欢这里，所以我才下定决心，请你今天晚上住在这里，和你好好聊一聊。”

真理子说话很直爽，她的干脆让我想起了悦子总裁，我决定对她和盘托出。

“那我重申一次，我今天来这里，绝对不是铁壁董事长派我来的，而是受一个和董事长完全没有关系的人委托。”

真理子注视着我，她的脸上没有不安，而是充满了好奇。

“半年多之前，我手上唯一的节目《小旅行》喊停了……我不知所措，不是因为无法继续当艺人，而是无法继续旅行了。因为我太爱旅行了。

“就在那时，我们想到可以当代理旅人。由欢迎回来小姐代替那些想要旅行，却无法出门旅行的人，去他们想去的地方，去各地旅行，把各种成果送到他们手上。”

我把当时的大致情况说了出来，真理子双眼发亮地听得出了神。

“代理旅人啊，真有趣的想法，很少有人能够想到这个主意。”她语带佩服地说完后，又故意挖苦说，“那是他为了生存而使出的苦肉计吗？”

“有一半是，但并不完全是。”我坦诚地回答，“虽然我没钱，也没工作，但我发自内心地想要旅行。而且，最高兴的是，可以借旅行帮助他人，让别人得到幸福，当然，我自己也一样。”

旅行是为了委托人，我自己也得到了帮助，也因此得到幸福。这是我成为代理旅人后最美好的事。

“是啊。”真理子笑得很灿烂，“所以，这次是为了谁的幸福来到内子呢？”

从我在山桃门口拿出淡紫色绢绸巾的瞬间开始，真理子最想知道的应该就是这件事。她听着我说明前后的原委，慢慢调适心情，做好了心理准备。

她太了不起了。我这么想道，再度从托特包内拿出绢绸巾，放在暖桌上。

“把这个绢绸巾交给我的人……她的名字叫江田悦子，是江户酱汁创业人的女儿，今年七十九岁，目前是该公司的总裁。”

真理子露出惊讶的表情说：“‘酱汁当然要江户酱汁’，你说是《小旅行》的赞助厂商。”

我点了点头说：“悦子总裁是你的姨妈。”

在暖桌上托腮听着我说话的真理子表情僵住了，屏住呼吸注视着我，似乎不知道该怎么回答。

“不瞒你说，原本停止赞助节目的江户酱汁说，可以再度成为节目的赞助厂商，也就是说，喊停的节目有机会复活。我们当然很高兴，所以就和悦子总裁见了面，她在见面时说，可以再度成为节目的赞助厂商，但必须接受一个条件。”

我不想隐瞒任何事，所以就把和悦子总裁面谈的事一五一十告诉了她。

真理子听完之后，深深地叹了一口气，静静地垂下双眼。

她的内心掀起了一场意想不到的风暴，她似乎正在等待这场风暴慢慢平静。

“所以，悦子总裁的意思是，希望你把这块绢绸巾供在我妈的坟前吗？”她看着放在暖桌上的绢绸巾，小声地问。

我点了点头补充说：“但是，她叮咛我，供在坟墓之前，绝对不能打开这块绢绸巾。”

真理子交握在桌上的双手手指稍微动了一下。她把双手放进了暖桌的被子中，似乎克制着想要打开的冲动，看着我说：“原来如此，真是高明的引导。如果想知道里面放了什么东西，就必须带你去我妈的坟前，不愧是能干的总裁。”

的确如此。悦子总裁也许就是为了用这种方式引导真理子，才叮咛我必须在坟前才能打开。眼前的情况就像童话、小说或是戏剧的情节，突然冒出来一个家人，真理子的内心不可能不动摇。

我在暖桌上探出身体，委婉地拜托真理子。

“为了把这块绢绸巾里的东西供奉给你母亲，可不可以请你带我去你母亲坟前扫墓？我想，你母亲应该也会很高兴。因为很久以前失散的姐姐，还有亲生母亲一直惦记着她。”

真理子低头看着绢绸巾，一动也不动。她陷入极度沉默，好像连呼吸也停止了。我耐心等待着她的回答，等待她告诉我：“好，我带你去。”

嘀嗒、嘀嗒。房间内只听到时钟的钟摆声。不知道过了多久，真理子终于开了口。

“……太过分了。”她只说了这句话。

她的声音很痛苦，仿佛快要哭了。

真理子缓缓抬起视线，直视着我的脸。她的双眼燃烧着憎恶的火焰。

“我妈年幼时就被送去当养女，即使她的母亲在临死前想起她，那又如何？难道她知道我妈被送去当养女后，吃了多少苦吗？知道我妈死了之后……我女儿也死了之后，我是带着怎样的心情活下来的？总裁……和你，都不可能了解！”

真理子用力拍着桌子，我忍不住缩成一团。

“我才没有闲工夫陪有钱人耗时间，也无法原谅你为了让节目复活，来这里旅行，更不可能带和那个人有牵扯的你去坟墓。因为除了我妈以外，美歌……我的女儿也在那里。”

真理子站了起来，然后用冰冷的表情对我说：“明天我会为你准备早餐，可不可以请你吃完之后离开？十点退房，我告辞了。”

冲下楼梯的声音渐渐远去。剩下我一个人的房间内，只听到嘀嗒、嘀嗒的钟声。

惠理子，八点了，快起床。不赶快起床吃早餐，又要迟到了。

今天我做了你爱吃的煎蛋，赶快趁热去吃。爸爸已经出门打鱼了。奶奶和惠太也在等你。

赶快起床，惠理子，别赖床了。

油菜花颜色的蓬松煎蛋，热腾腾的味噌汤飘出的香味。我躺在温暖的被子里，做着充满怀念的梦。

我向来爱睡懒觉，母亲总是准备完早餐后，来床边叫我起床。母亲的声音总是有点不耐烦，却可以感受到一丝欣喜。虽然已经是很久以前的事，但好像她随时会掀起我的被子叫我起床。

可能是因为我的鼻子闻到了从楼下飘来的香味，所以才会做这种幸福的梦。我微微睁开眼睛，看了一眼出门旅行时随身携带的闹钟。快八点了。

啊，没错，我目前人在内子……在山桃的二楼。我还以为自己睡在礼文岛的家中。

楼下的早餐已经做好，只等我下楼了，但不知道真理子在不在。

我梳洗完毕后下了楼。这栋民房有三百年的历史，面对马路的空间是山桃咖啡店，后方有一间和室，还有可以眺望中庭的走廊，最后方是现在无人使用的厨房和浴室。整栋房子都打扫得很干净，可以充分感受到真理子多么珍惜、充满热爱地维护这个委托她经营的空间。

我爱上了这间民宿，觉得自己好像变成了内子的居民，但是，我伤害了真理子，所以吃完早餐后就要离开了。

日式房间的中央有一张大矮桌，上面放着刚做好的煎蛋、烤鱼、卤油菜、烤海苔和热腾腾的味噌汤，还有一个饭桶，却不见真理子的身影。

我开动了。我合掌后，品尝了每一道菜，淳朴、用心制作的菜肴，果然让我想起老家妈妈的味道。

我突然想到，很久以前，铁壁董事长和他们的独生女儿美歌也曾经吃过这些菜肴。

真理子告诉我，她母亲的坟墓内，也同时埋葬了年仅十岁就离开人世的美歌，所以她不愿意带和那个人有牵扯的我去扫墓。我好像被一把尖锐的刀子用力刺进心里。

我不知道他们当年到底发生了什么事，使真理子如此痛恨铁壁董事长。铁壁董事长待人亲切，有点轻浮，超级风趣幽默，也很热心重义气。可能会被人利用，但绝对不可能和人结怨。

吃完早餐后，我看了好几次手机，平时我出门旅行时，董事长总是电话、短信不断，但这次没有打电话给我，也没有发短信。

这时，手上的手机突然振动起来。我一看液晶屏幕，屏幕上显示“市川导播”。我急忙接了起来：“喂，我是丘。”

“小丘，你人在哪里？该不会去了内子？”

市川先生的声音很紧张，我忍不住对着壁龛的方向低下了头。

“对不起，我就是在内子。”我回答说。

“啊呀……”市川先生发出悲怆的声音，“你真的去了吗？……经纪公司出事了。”

“啊？”我惊叫起来，“怎么了？到底发生什么……”

“铁壁先生在那之后……和江田总裁餐叙后，他就失踪了。原本说好昨天晚上，要和曙光电视台、番通讨论《小旅行》特别节目的事，但他没有出现……望乃小姐拼命找他，但都找不到他，完全不知道他去了哪里。”

我整个人僵在那里，慌忙问：“有没有报警？”

“那还不至于……”市川先生的语气很沉重，“如果被媒体知道经纪公司的老板失踪，一定会添油加醋地大肆报道，而且目前和江户酱汁、曙光电视台之间正处于很微妙的时期，不希望事情闹得沸沸扬扬。”

市川先生从昨晚就一直打我的手机，但一直打不通。我这才想起，手机在二楼的时候显示没有信号。市川先生走投无路，只好去问望乃，望乃只回答说“她已经不是我们公司的艺人了”，不到五秒钟就挂了电话。市川先生也不知道如何是好。

“小丘，你说该怎么办？铁壁先生失踪了，望乃在生气，连特别节目的策划会议也不来参加。即使你回来了，也无法再踏进万代屋了。”

我倒吸了一口气。这句话的意思是……

“代理旅人……不能继续了吗？”我战战兢兢地问。

“应该吧。”市川先生冷漠的回答出乎我的意料。

“铁壁先生心里很清楚，当江户酱汁的江田总裁委托旅行时，你绝对会接受。他不可能叫你接受委托，但也无法阻止你。正因为他不知该如何是好，所以最后决定消失。他一定是这么想的。”

市川先生的话重重打在我的内心深处。

董事长当然知道，这是关系到《小旅行》复活的重要委托，我不可能拒绝。

但是，他不能把和真理子之间的关系告诉我，更不可能因为这个原因，阻止我接受旅行的委托。

我铸下了大错。

我竟然践踏了董事长的心情，执意来到这里。至今为止，我曾经多次旅行，每次遇到问题，最后都化险为夷，所以我隐约以为这次也一样。

但是，这次和之前完全不一样。

我伤害了真理子，无法把悦子总裁交给我的绢绸巾里的东西供奉在真理子母亲的墓前。

既然无法把悦子总裁想要的成果带回去，就代表这次旅行失败了。也就是说，《小旅行》无法复活，也会失去番通和曙光电视台的信任，失去董事长和望乃的协助，我恐怕真的无法继续再当代理旅人了。

最令人难过的是，我自私的行为伤害了很多人。

我感到全身无力，后悔麻痹了全身每一个角落。

“我了解铁壁先生，等风波平息后，他就会回来。我会和望乃继续找他，既然你已经去了，就把任务完成吧。”

我不知道该怎么回答。

“我无法去为悦子总裁妹妹扫墓……真理子彻底拒绝我了。”我把昨晚的事告诉了市川先生，“真理子对我说，她的女儿和她母亲葬在一起，所以不想带万铁壁经纪公司的艺人去扫墓。”我也告诉市川先生，真理子这个人有多了不起，在这个城镇很努力，也很快乐地生活。

“原来是这样，原来真理过得很好……但她还是无法原谅铁壁先生。”市川先生的声音听起来很落寞。

我鼓起勇气问他：“请你告诉我，董事长和真理子之间到底发生了什么事？我无法不明不白地结束这趟旅行。”

市川先生在电话的另一端陷入了沉默。过了一会儿，他似乎终于下了决心：“你说得对，用这种方式结束旅行，对你未免太残忍了。”

市川先生在电话中告诉了我二十三年前，董事长和真理子之间发生的悲剧。

他们的相识要追溯到三十五年前。真理子参加修学旅行，第一次来到东京，铁壁董事长是当时流行的街头星探，一眼相中了她。表面上是星探发现了有潜力的女生，但其实是董事长对她一见钟情。

真理子的母亲早逝，父亲一个人把她带大。她的父亲强烈反对独生女进入演艺圈，但她说“我想让爸爸过好日子”，终于说服了父亲，充满期待地踏进了演艺圈。

只可惜在她退出演艺圈前，始终不鸣不飞，不曾大红大紫。虽然她的资质很好，但可能铁壁董事长太保护她了，真理子也渐渐被董事长的一往情深所吸引。

得知真理子怀孕后，董事长立刻向她求婚。董事长去真理子的老家时，跪在真理子父亲面前发誓，他一辈子都会让真理子幸福。真理子的父亲始终不发一语，最后流着泪说，希望董事长能够带给他的女儿和外孙女幸福。董事长和真理子都哭着发誓，他们一定会幸福。

真理子退出演艺圈，和董事长结了婚，顺利生下了女儿。董事长为女儿取名为美歌，希望她像动听的歌曲般受人喜爱，温暖每个人的心。不难想象，美歌集父母的宠爱于一身，在悉心的照料下长大。

董事长很快自立门户，创立了万代屋经纪公司。因为正值演艺圈需要大量艺人的时期，培养了好几个当红的偶像歌手和演员，万代屋迅速成长。

“回想起来，那个时候是铁壁先生的巅峰。每次见到他，他都会说，为了心爱的妻子和女儿，他愿意做任何事，要把万代屋打造成日本第一的经纪公司，把真理子的老家改建成像城堡一样的大房子，老了以后，就要搬去那里生活。”

美歌在十岁时发生了意外。她在放学时被货车撞倒，重伤陷入昏迷。

铁壁董事长陪旗下的艺人去四国的深山里拍一部花费数亿元的超大型动作片，因为那是经纪公司的招牌演员要亲自挑战危险的场景，所以他必须陪同前往。那个演员和董事长把金钱、生命和命运，把所有的一切都赌在那一幕上。

就在这时，董事长接到美歌发生意外的消息。

“我并不知道铁壁先生当时的反应，但听说在重要的一幕拍摄完之前，他都没有离开现场。”

美歌当天晚上就死了。虽然持续昏迷，但在断气之前，美歌微微睁开眼睛。真理子好像发疯似的拼命叫着：“美歌、美歌。”美歌气若游丝地对真理子说——

……妈妈……爸爸在哪里？……

那是美歌临终最后一句话。

“所以，董事长他……”我无法克制自己声音的颤抖，“他没有见到美歌……最后一面吗？”

“嗯。”电话彼端传来市川先生的叹息。

之后，董事长和真理子就陷入了地狱般的生活。真理子责怪董事长，竟然以工作为先，没有来见女儿最后一面。

要不要我告诉你，美歌有多么想见到你？她在临终的时候，想见的不是我，而是你。她问我，爸爸在哪里？

即使要搭直升机，你也该马上赶回来。但是，你却没有回来见她。

董事长无言以对。

真理子的父亲猝死，让他们的关系雪上加霜。真理子的父亲失去了年幼的外孙女，整天难过不已，原本就有心脏病的他心脏病发作身亡。当董事长去真理子的老家参加告别式时，真理子拒绝了他。

我不能让你见我爸爸，因为你破坏了和我爸爸之间的约定。

我们没有得到幸福，没有一个人得到幸福。

在美歌的尾七过后，董事长在真理子给他的离婚协议书上签名、盖章。

真理子孤零零地带着美歌的骨灰，回到了老家椿原。

当、当、当。挂钟悠然地报时。

我抬起湿润的双眼看向时钟。刚好九点。咖啡店开始营业了。

我和市川先生在电话中聊了很长时间，挂上电话后，我上楼收拾行李，等真理子出现。

我完全能够体会董事长无法离开现场的心情，他必须全力支持经纪公司的艺人，他不能说走就走。事情发生在二十多年前，当时的通信方式和交通方式都十分有限，他留在现场时，必定感到心如刀割。

我也能够体会真理子的心情。女儿在临终前想见父亲一面，但父亲却不在身旁，这是无法挽回的事实。也许在此之前，董事长卖命工作，已经让她们母女感到受冷落。董事长越是为她们母女努力工作，她们可能越希望董事长能够陪伴在身边。

每个人都没有错，每个人都应该得到幸福。

二十三年来，她竟然都带着憎恨过日子，这对真理子，对董事长来说，都未免太不幸了。

这时，我突然发现一件事。

二十三年前——我也十岁。

所以，我和美歌同年。

我突然想起第一次见到铁壁董事长那天的事。

那是我在就读花礼高中二年级，修学旅行去东京的时候。我被选为礼文岛代言人，在东京的高中做演讲时，一个四方形秃头的大叔找我说话。

"叔叔，你是这个学校的学生家长吗？"我这么问他。

"我吗？我女儿以前是这个小学……"

我记得他当时脱口这么回答。他那时候到底想说什么？

我女儿以前是这个小学的学生。

如果她还活着，和你一样大。

如果她还活着，应该会和你一样欢笑、流泪，和你一样，擦干眼泪后的笑容像彩虹一样。

如果她还活着，应该会和你一样去修学旅行，去上课，和朋友玩，谈恋爱，变得亭亭玉立。

但是，她现在已经不在了，她去了天堂。

留下我孤单一人。

虽然董事长没有说过这些话，但这些话在我的耳朵深处回响。泪水涌向眼眶，我再也无法克制，眼泪滴落在我跪坐的腿上。

董事长。我在心里呼喊着他。

啊，我现在终于知道了。

董事长一定把我当成了美歌。

在他粗犷的大脸上，那双凹陷的双眼充满温柔。那双眼睛就像是在任何时候都会默默守护我的父亲。我的耳膜深处，响起了父亲临终前的话语。

我早就知道，你有一天会离开这座岛，飞到“大海的对岸”。

惠理子，你要闯出一番成就，然后回到这里。

外面传来了汽车喇叭声。我惊讶地打开了二楼窗户往下一看，一辆水蓝色的小车停在店门口。

我怀疑自己看错了。因为驾驶座旁的车窗打开，探出头的竟然是真理子。

真理子用响亮的声音对着二楼说：“欢迎回来小姐，十点了，快下来了。”

她发出银铃般的笑声。昨晚冷漠的眼神不见了，我从窗户探出身子大喊着：“好，我马上下去！”

我抓起行李袋和大衣，连滚带爬地冲下楼梯，慌忙跑到大马路上，上气不接下气地对着驾驶座上的真理子说：“对不起，不小心……过了退房时间。”

真理子一看到我的脸，就扑哧一声笑了起来。

“你的脸是怎么回事？睫毛膏全掉了，简直就像熊猫。”

我对着车子的后视镜一看，眼睛下方全黑了。

“是因为太想家而流泪吗？”真理子调侃我。

“怎么可能？是打哈欠。我不小心睡过头了。”我努力掩饰，能够再度看到满脸笑容的真理子，我几乎喜极而泣。

“走了，赶快上车。”

听到她的催促，我急忙坐上副驾驶座。她要送我去车站吗？我还想和她聊一聊。

“呃，到了车站后……你愿意给我一点时间吗？在电车来之前就好。”我吞吞吐吐地问。

“啊？”她尖叫一声，“不是去车站啊。”

“啊？”这次轮到我发出尖叫声，“不去车站……那要去哪里？”

“梼原啊。”真理子说道，好像早就已经决定。

我张大嘴巴，注视着真理子。

“昨天晚上，刚好接到和纸老师……洋老师的电话。他说现在的枫叶很美，问我要不要去做枫叶的和纸。我突然觉得很不错，然后很想带你去，带你一起去。”真理子有点不好意思地笑了起来。

“可以吧？”真理子问我。

“可以，当然可以！”我回答说，然后又揉了一下猫熊眼。

“那就出发吧！”

车子缓缓驶了出去，我立刻转过头，看着山桃，在心里小声地说：“那我出门了。”

入口的门上贴了一张淡粉红色的和纸，“今日工休”这四个字转眼之间，就在风中消失不见了。

11

宛如清澈蓝天般的水蓝色小车子载着真理子和我，在山路上奔驰。

“虽然有更快捷的方式……但现在枫叶开始红了，所以特地绕远路。”

真理子特地走山路，但她说“两小时左右就到了”。车子行驶在爱媛县和高知县县境的山路上。真理子和她的和纸老师、荷兰人洋先生和千绘子太太约好一起吃午餐，预定在十二点之前抵达那里。

一开始，我们好像约好似的，只聊一些无关痛痒的话。我告诉她，今天的早餐太好吃了，很高兴昨晚能够独占宽敞的和室睡觉，从浴室看到的月亮很美。真理子可能因为等一下要和洋先生见面，所以告诉我很多有关和纸的事：大洲和纸的历史，制作和纸可以让心情平静，以及洋先生制作的和纸有多美。

“洋先生的工坊可以体验制作和纸，你要不要试试？”

我欣喜若狂地回答：“当然要！”

昨天她对我厉言相向这件事我已经完全抛在了脑后，也忘记了早上曾经泪流满面。

车子穿梭在渐渐染上红色的树木之间，真理子和我就像是感情很好的母女般谈笑风生。

我知道了铁壁董事长和真理子之间因为美歌而发生的悲惨故事，

知道了他们之间绝对无法磨灭的过去。

对他们来说，这件事太重大，也难怪真理子从那次之后，就无法原谅铁壁董事长。

然而，我觉得真理子把自己关在憎恨的牢笼里，然后死守在里面，坚持不愿走出来。

一旦走出那个牢笼，也就是原谅董事长，就等于背叛女儿。她试图用美歌临终前想要见父亲最后一面的遗憾惩罚董事长，维持和女儿之间的联系。我觉得那是身为母亲的真理子痛苦的抵抗。

看着轻松谈笑的真理子，我觉得她其实很想走出那个牢笼。

最好的证明，就是她现在正载着我在兜风。虽然她曾经说，不可能带和那个人有牵扯的我去扫墓，但如今亲自开车，带我去她的母亲和女儿的坟墓所在的梼原。

真理子比任何人更清楚万铁壁是怎样一个人，是怎样的父亲，也知道他绝对不可能对女儿弃之不顾。我觉得她想要承认这一点，却又无法承认，因此感到痛苦不已。

我是否能为她做什么？

我是否能为她打开憎恨的牢门，为她卸下猜疑心的盔甲？

我和真理子共处的时间并不长，我无论如何都必须按照原计划，在明天回到东京。因为我擅自踏上了这趟旅程，所以必须向市川先生、望乃、番通和曙光电视台详细说明这次的情况，三天后就是要向悦子总裁交付成果的日子。

最重要的是，我很担心董事长失踪这件事。

明天晚上七点四十分从松山出发的班机是回羽田的最后一班飞机，在此之前，必须把真理子从憎恨的牢笼中解救出来，然后把绢绸巾供在美惠子和美歌的墓前——这种奇迹会发生吗?

车子不知道什么时候驶入了蛇行的山路，山路窄得可怕，而且因为没有铺柏油，车身猛烈摇晃。真理子的车上没有卫星导航系统，因为她说：“我平时都只是在附近开车，根本不需要。”

“这该不会是龙马脱藩时走的那条路吧？”果真如此的话，就离目的地很近了，我充满期待地问。

“不不不，还离得很远，不过，的确是这个方向。”她的回答很可疑。

“如果有对向来车怎么办？根本没办法会车啊。”

“那就祈祷不会有对向来车……啊呀呀。”

一辆小货车刚好在这时从前方的弯道驶来，真理子慌忙把方向盘转向左侧，后视镜擦撞到山壁，车子猛然停了下来。小货车一溜烟开走了，真理子用力喘着气：“好危险，如果在另一侧，可能已经滚下斜坡了。”

我也终于吐出了憋了半天的气，全身都完全停顿，我看向前方。

一片鲜红色的枫叶飘然落在挡风玻璃上，刚好停在视线的高度。周围的树林渐渐染上了红色，但都没有这片树叶那么红。我打开副驾驶座旁的车窗向上看，发现一棵巨大的枫树遮住了道路前方，像红宝石般的树叶在枝头摇晃着。

“哇，你看，好漂亮的枫叶。”

真理子也打开了车窗，把身体探了出去，立刻欢呼起来：“哇，真是太美了。”

奇怪的是，只有那一棵枫树的树叶是鲜红色。我们下了车，并肩站在那里仰望着巨大的枫树。不同于街道旁或庭院内观赏用的矮小枫树，这棵野生的枫树尽情地吸收阳光，用力向秋日的天空生长，即使无人欣赏，也仍然绽放出宛如宝石般的光芒。

充分欣赏了这棵自在而又充满力量的枫树后，真理子自言自语般地说：“真希望美歌也可以看到这棵枫树。”

我看着真理子，她突然笑了起来。

“昨天晚上，洋先生在电话中说：‘现在的枫叶很美，很久没见到你了，要不要来做枫叶的和纸？’因为邀请太突然，我说最近很忙，暂时走不开，所以拒绝了他。但是，在天快亮的时候，我做了梦……我梦见了美歌。”

真理子告诉我，她梦见美歌站在被染得鲜红的枫树下，捡起红色的枫叶玩了起来，然后把枫叶递给真理子。右手有一片枫叶，左手还有另一片，美歌脸上带着笑容，看起来很幸福。

“当我醒来时，就觉得我一定要去，必须去看美歌，去看在天堂守护美歌的爸爸和妈妈，要去椿原扫墓——带着你去扫墓。”

真理子捡起飘落在水蓝色车子引擎盖上的一片枫叶，若有所思地说：“我总觉得，在梦中，那个孩子……把一片枫叶给我，另一片想要交给你。”

我也捡起了一片飘落在挡风玻璃上的枫叶，然后看着真理子的眼睛说：“不，我想不是这样。美歌想要把这片枫叶……交给她爸爸。”

真理子的眼神飘忽起来，她注视着我，但没有说话，然后再度仰望着枫树。

“快走吧，不然无法在午餐之前赶到。”真理子说。

我点了点头，把枫叶轻轻放进上衣的口袋。

椿原的一片浓密树林中，建在山丘上的那栋老旧民宅就是洋先生的和纸工坊。我们的水蓝色汽车正慢慢驶向山丘的方向。

“啊，你看，洋先生和千绘子，他们在向我们挥手。”真理子兴奋地说道，好像即将观赏一部有趣的电影。

山丘上有两个小人影，正朝着我们用力挥手。他们到底在那里站了多久？洋先生和千绘子在视野良好的山丘上，对着我们的车子用力挥手。

“因为我没有手机，无法通知他们我马上就到了，但他们每次猜想我快到的时候，就会像这样站在那里等我，向我挥手。”

真理子握着方向盘，兴奋地对我说：“你也赶快向他们挥手。”

我打开副驾驶座的车窗，用力挥手叫着：“你们好。”

“真理子，欢迎你回来。”

真理子走出驾驶座时，魁梧的洋先生用力拥抱她，好像在迎接久违的妹妹。千绘子也紧紧抱着真理子说：“真理，欢迎你回来。”虽然他们没有血缘关系，但他们是一家人。

洋先生与千绘子夫妇和我握了手。“欢迎你来。”“很期待和你见面。”虽然是第一次见面，却好像和老朋友久别重逢。

“那先去捡树叶。”洋先生很有精神地说。我们刚到，就要去捡树叶，我不禁有点着急。

“呃，请问……这是要用于午餐的材料吗？”我从刚才就感到肚子饿了，忍不住问道。

洋先生豪爽地哈哈大笑。

“不是不是，午餐之后，不是要制作和纸吗？把有颜色的树叶漉进和纸会非常漂亮，要挑选怎样的树叶，由制纸的人自己决定，这样就会更爱完成后的成品，所以我们现在要去猎叶。”

洋先生的五官轮廓很深，有着一对蓝眼睛，但他的日文十分流畅，让人觉得他根本是披着外国人外衣的日本人。“炖菜还要十五分钟。”千绘子对着我挤眉弄眼地说，我觉得千绘子反而更像是外国人。

真理子和我跟着洋先生他们走进山麓的树林中，阳光钻过树叶照了进来，斑驳的光影在红色和黄色的树叶之中跳舞。

“最好挑选特别形状和颜色的树叶,这样做出来的和纸比较有趣。”

真理子向我建议，我在不知不觉中忘了刚才的饥肠辘辘，专心地捡着树叶。

啊，这种感觉是怎么回事？蹲在地上，用指尖摸索、抓起在大自然中生息的事物，这种感觉为什么会令人如此怀念？

那和我在故乡的岛屿上，和朋友一起采花，和弟弟一起捡小石头和贝壳的感觉一模一样。

“太不可思议了，虽然只是捡树叶，却有一种安心的感觉。”我忍不住说道。

真理子立刻附和说：“对吧？这种感觉也帮了我很大的忙。”

我们小心翼翼地捧着在树林中捡到的各种不同颜色的树叶，回到了洋先生的工坊。

一踏进饭厅，立刻闻到香喷喷的味道。那是已经炖得十分入味的奶油炖菜飘出的香气。

“欢迎回家，肚子是不是饿了？”穿上围裙的千绘子笑脸相迎。

“对啊，快饿死了！”我竟然像小孩子一样回答。

洋先生、千绘子和真理子都开心地笑了起来。

将老旧的日式房间改建的饭厅餐桌上放满了蒸蔬菜、色拉、香肠、芥末酱、果酱、新鲜出炉的面包和奶油炖菜。我们大快朵颐，笑声不断。

因为等一下要制作和纸，所以只喝了一杯啤酒，然后又继续吃，继续聊天。

洋先生在阿姆斯特丹读大学时，曾经有日本留学生送给他生日礼物。虽然他忘了礼物是什么，但当时一摸到用来包装礼物盒的和纸，就深受感动，原来世界上还有这么美的东西。这件事影响了洋先生的一生。

“我这个人，一旦认定了，就会奋不顾身。”洋先生用流利的日文说道，“即使我在荷兰整天想和纸也没用，所以，大学毕业后，我立刻来到日本，去了京都、岐阜和福井等和纸的产地……最后来到内子的大洲和纸。”

他在大洲和纸的制造工厂当了一阵子学徒后，好像受到一股神秘力量的吸引来到高知，在土佐和纸的产地伊野町，遇见了和纸工坊附近一家食堂的店花千绘子。千绘子的父母极力反对她嫁给外国人，但最后被洋先生发自内心地热爱和纸，对日本的文化和传统充满敬意的人品，以及保证“我一定会让千绘子幸福”的热情感动，同意了他们的婚事。

“好厉害，所以你们完成了对父母的约定，现在真的很幸福。”

听到我这么说，洋先生有点害羞地抓了抓满头白发说：“这就不太清楚了，因为我除了和纸以外，真的是什么都不懂。”

“啊哟，你觉得不幸福吗？”千绘子不满地问。

“你幸福吗？”洋先生反问。

千绘子呵呵笑着回答：“我很幸福啊。”

“啊啊啊！”真理子和我都发出很受不了的声音，“真是快被闪瞎了，谢谢款待。”

我们三个女人在聊天时，洋先生利落地收拾了碗盘端去厨房，不一会儿，就传来了洗碗的声音。我站起身走去厨房，站在洋先生身旁说："我来帮忙。"

"哇，太好了，可不可以请你擦盘子？"

我拿起抹布，把一个又一个盘子擦干。洋先生不停地洗着碗盘，对我说："真是太惊讶了，今天早上突然接到真理子的电话，说想要带一个女孩子来这里，问我们今天方不方便。以前她来这里的时候，最晚会提早一个星期打电话，幸好今天我和千绘子都没有其他安排。"

我停下了擦碗的手。

"不是你对真理子说……枫叶很漂亮，邀她来做和纸吗？"

洋先生关上水龙头，露出纳闷的表情。

"今天是星期六，真理子要开店啊，我怎么可能邀她来？"

耳朵深处突然响起真理子说的话。

我做了梦……我梦见了美歌。

我和洋先生一起站在饭厅门口。

从窗户照进来的阳光，把千绘子和真理子的笑脸映衬得更加温暖。

"洋先生，我想拜托你一件事。"我小声地对身旁的洋先生说。

"嗯？"洋先生把耳朵伸了过来。

"可不可以当作今天是你邀我们来这里的？"

洋先生看着我笑了起来，点了点头。

我注视着真理子的笑容，在心里对着那个虽然肉眼看不到，但此刻正在这里的女孩悄悄地说——

我知道。

今天是你邀我们来这里的，对不对，美歌？

星期天的早晨，椿原的天空万里无云，晴朗得让人想要飞起来。

昨天晚上，我和真理子、洋先生、千绘子一起吃晚餐，左邻右舍也在中途加入，变成一场热闹的宴会。千绘子用褐石斑鱼和当地蔬菜煮了高知知名的褐石斑鱼火锅，我们喝了当地自酿的美味清酒，愉快地聊天，一整晚都完全忘记了时间的存在。

我暗自下定决心，暂时把困难的任务放一边，充分享受和真理子，以及椿原的人在一起的快乐时光，所以昨晚开怀大笑，开怀大吃，也喝了不少酒。

铁壁董事长的脸不时浮现在微醺的脑海中。皱着眉头说“真是没办法”的脸，苦笑着说“算了，没关系”的脸，他各种丰富的表情不断变化，但那双温暖的眼睛始终不变。

董事长，对不起，我擅自来到这里，我践踏了你的心情，也不顾望乃和市川先生的劝阻，执意来到这里。

但是，今天晚上，请你原谅我。我很快就回去了。明天晚上，我就会回东京。

所以，董事长，请你也赶快回来。

我一定会对你说：“欢迎回来。”

我在脑袋中想着各种借口，不知不觉睡着了。

从窗帘缝隙钻进来的阳光照在我的眼睑上，我才终于醒来。原本睡在我旁边的真理子的被子已经折好，放在房间的角落。打开窗帘，窗外是秋高气爽的天空。

“欢迎回来小姐喝了不少，最后不知道嘀嘀咕咕了什么，然后就喝醉了。”吃早餐时，千绘子在倒咖啡时笑着说。

我立刻道歉说：“对不起。”然后低下了头。

“真没想到，你竟然会叫着男朋友的名字醉倒。”

真理子窃声笑了起来，我“啊”地惊叫起来。我该不会叫了阿元的名字吧？

也许是因为我难掩慌张的表情，真理子看了我一眼说：“骗你的。”笑得更开心了：“不过，你的确叫着谁的名字，然后嘀咕，快回家。我还来不及问你希望谁回来，你就已经睡着了。”

看来我并没有叫“董事长”。

“你们差不多该出门了吧？我已经做好便当了，你们带去吧。”

千绘子拿了一个小纸袋递给真理子，真理子接了过来：“真不愧是千绘子姐姐，太贴心了。”

“好像要去野餐，好兴奋啊。”我说。

“嗯，的确像是野餐啊。”真理子再度笑了起来。

我们要去离椅原町中心有一段距离的墓地扫墓。几年前，真理子卖了老家的房子，清理了所有的东西，搬去了内子，只有母亲和女儿的坟墓还留在故乡。她每个月都会回来扫墓，每次都会来洋先生夫妻家落脚。如今，这里好像已经变成了她的娘家。

当我们把行李搬上车时，洋先生从工坊内走了出来。他似乎已经完成了早上的工作，他认为“早晨的空气很紧绷，很适合制作和纸”。

我对着洋先生鞠了一躬。

“我做的和纸就麻烦你了。”

昨天吃完午餐后，洋先生和真理子两位老师在两侧指导，我有生以来第一次制作了和纸。

将在庭院内种植的结香树白色树皮原料浸入冷水去，洗除灰尘，再把干净的原料用棍棒打薄延展。打薄之后，放进长方形的漉槽内，用棍棒充分搅拌，加入黏液，将纤维搅拌均匀后，然后把纸浆抄进抄纸框内，按压后使之干燥就完成了。但最后的制程很费时，洋先生说，他会“负起责任”监督完成，过几天再邮寄给我。

漉纸作业令心灵平静。不断拍打来自大自然的天然材料，然后在抄纸框内不断抄纸，仿佛渐渐融化、抚平了纠结的内心，恢复心灵原来的样子。

“因为这种和纸救了我。”

在制作和纸的作业过程中，我终于理解了真理子这句话的意思。

我把在阳光斑驳的树林中捡到的落叶一片一片轻轻放在和纸的原型上，忍不住想象真理子曾经用了数千小时制作和纸。

真理子失去了美歌，父亲又死了，她和铁壁董事长离了婚，独自回到了故乡。

她不断重复每一个踏实的作业，平复内心的狂风暴雨。

对真理子来说，制作和纸是一场心灵之旅。在面对和纸时，她缓缓地在内心深处旅行。最后，她向心爱的人，向往事挥手道别，终于回到这里，回到必须独自活下去的现实生活。

纸的纤维越敲打越坚强，也越美丽。

作业时，洋先生这么告诉我。真理子微笑着补充说“和人一样”。

这句淳朴的话深深打进了我心里。

越敲打，越坚强，也越美丽。

这句话正是真理子人生的写照。同时，也让我想起支持我的那些人——铁壁董事长、望乃和导播市川先生，还有摄影师安藤先生、助理导播奥村、发型师小光和造型师实美。

以及多位旅行委托人，在旅途上遇到的各式各样的人。鹈野母女、玉肌温泉的大志先生一家、悦子总裁，还有其他几个委托人，背负着不同的过去，但仍然努力生活，让人心生怜爱的人。

在他们的人生中，痛苦的事应该超过美好的事，但大家都很努力地生活。在生活的打击中变得更加坚强，更加美丽。

从今以后，我要一直珍惜这句话。

“大约一个星期后会完成，你就好好期待吧。”洋先生说，我点了点头。

“谢谢你来这里，很高兴见到你，很高兴你来这里制作和纸，也很高兴能够和你一起制作。”

洋先生伸出右手，那是曾经制作了数千张和纸的大手。我握住了他的手。虽然他的手刚才一直浸泡在冷水中，却像阳光般温暖。

“记得再回来，一言为定哟。”

千绘子夹杂着高知方言说道，然后温暖地拥抱我。这个拥抱比千言万语更能够表达千绘子的心情。

“那我们走了。”

和来这里时一样，我打开了车窗，用力挥着手。洋先生和千绘子也站在一起向我挥手。

越过山丘，穿越树林，在看不到那栋小房子之前，我一直用力挥着手，宛如挥别渐渐远去的朋友。

真理子驾驶的水蓝色汽车终于来到远离城镇中心的宁静墓地。

国泽家的坟墓在墓地最深处，砖墙的另一侧是寺院。寺院的庭院内开始变红的枫树枝叶都伸了过来，在坟墓上方形成一片明亮的红色影子。我不禁想起昨天山路上看到的那棵枫树，转头看着真理子。真理子似乎也回想起相同的事，对我粲然一笑。

今天早上，我们在洋先生工坊的庭院内采了野菊花，把新鲜滋润的野菊花供在墓前，焚了线香，用水洗了墓碑。

真理子蹲在墓前合掌，低着头，闭上眼睛，很长时间都一动也不动。我注视着她纤瘦的背影，似乎可以听到她在内心对她的父母和美歌诉说的话。没有愤怒，也没有悲伤，静静地散发出花费漫长的时间，克服了愤怒和悲伤的人特有的温暖和温柔。

真理子终于站了起来，回头看着我，微笑着说："我觉得我妈在对你说：'欢迎你来这里。'"

听到这句话，我的内心涌起一股暖流。我默默地点了点头，从托特包里把淡紫色绢绸巾——悦子总裁托付给我的绢绸巾拿了出来。

如果你有机会到我妹妹的坟墓前，再请你打开。在此之前，绝对不可以打开。

在我接受旅行的委托时，悦子总裁说了这句好像童话故事情节般的话。

我把绢绸巾递给真理子，拜托她说："可不可以请你和我一起供奉？"

真理子轻轻点了点头，再度和我一起蹲在坟墓前。

我把绢绸巾放在墓碑前，双手合掌，然后小声地对身旁的真理子说："请你打开。"

真理子专心地注视着绢绸巾，然后拿了起来，好像在触摸易碎物品般轻轻打开。我屏住呼吸，在一旁注视着她。

"啊……"真理子的嘴唇中发出惊叫声。

绢绸巾中出现一小块布。

蓝底上有白色花纹，好像是从旧和服上剪下来的。

这时，我突然想起悦子总裁告诉我，在很久很久以前，她和幺妹——真理子的母亲离别的场景。

当妹妹被送去远亲家时，悦子总裁对着她的后背叫了一声："美惠，记得早点回来！"

妹妹猛然回过头，露出兴奋的笑容，很有精神地"嗯"了一声。妹妹穿着母亲用自己的和服改的蓝底白色花纹洋装……她在原地转了一圈，短裙的裙摆都飞了起来。

蓝底白色花纹洋装。

这成为悦子总裁和美惠子的永别。

"这是……"

我转头看着真理子，想要向她说明。真理子低头看着捧在手心的布块，有水滴滴落在磨损的蓝色布块上。那是眼泪。

"妈妈。"她轻轻叫了一声，把这一小块布抱在胸前，充满怜爱地抱在胸前。

真理子一次又一次擦着眼泪，娓娓诉说起来。

这块布和真理子的母亲最珍惜的洋装是同一块布料。她的母亲一直珍藏着小时候很喜欢的洋装，有一次，她对真理子说，妈妈要送你妈妈小时候最喜欢的衣服，然后拿给年幼的真理子穿。不久之后，她就去了天堂。

葬礼的时候，真理子没有穿黑色的衣服，坚持要穿妈妈最喜欢的衣服，所以穿上了那件洋装。即使长大之后，已经穿不下那件衣服，仍然珍藏在身边。希望有朝一日结婚，生了女儿之后，告诉女儿，这是外婆最喜欢的衣服，然后拿给女儿穿。

当美歌意外身亡时，真理子哭着对美歌说，要请天堂的外婆帮你穿，然后把那件洋装放进了小棺材内。

如今，这块布再度回到真理子手上。

这一小块布说明了一切。

把美惠子送去别人家当养女的母亲内心有多么不舍，她珍藏着和女儿离开时穿的洋装相同的布料，直到离开人世之前，都没有忘记。

还有悦子总裁对年幼的妹妹生离死别后的思念，当她在母亲的遗物中发现这一小块布时，一定回想起穿着母亲亲手缝制的洋装，天真无邪地在她面前旋转的妹妹。

虽然从来没有见过妹妹的女儿真理子，但这块布也道出了悦子总裁对真理子的心情。

以及真理子对美歌的感情。

这是四代母女的命运，她们被命运一次又一次打击，但仍然坚强而美丽地生活，这一切都凝聚在这一块布上。

“我好像全都明白了……也许是悦子姨妈把你送到我的身边，告诉坟墓中的妈妈、美歌……还有我，只要看到这块布，就可以明白一切。”她顶着通红的双眼看着我说道，我忍着眼泪，露出微笑。

我很高兴，因为真理子坦诚地接受了悦子总裁的心意，也很高兴她很自然地称悦子总裁为姨妈。

那是真理子内心紧闭的门打开的瞬间。

我似乎看到真理子的心脱下坚硬的盔甲，自由飞向秋天的天空。

我们在枫树的树荫下摊开塑料布，打开千绘子为我们做的便当。

我们聊了很多事。真理子告诉我梼原有多么美好，故乡的温暖、洋先生和千绘子，还有其他乡亲的亲切，以及四国的洗涤心灵的美景。

我自始至终都在谈旅行。至今为止的委托人，在旅途中遇见的人。《小旅行》的回忆、小旅行家族的成员多么出色。真理子听得津津有味，听到我的糗事时，忍不住放声大笑，有时候忍不住热泪盈眶。

“是吗？看来你真的很有人缘，无论在东京，或是在旅途上都一样。”真理子说。

我点了点头：“很遗憾，我没有身为艺人的才华和运气，但很幸运的是，我有更大的收获。”

“更大的收获？”真理子问。

我微笑着回答说：“就是支持我的人，还有旅行。有了这两样，我无比幸福。”

强风吹动了真理子的头发，一片红色枫叶落在真理子的腿上。她捡起枫叶，在指尖转动着说：“那个人……阿铁也是带给你幸福的人之一吗？”

她说话的声音有点害羞，脸上浮现出宁静的微笑。我兴奋地再度用力点头。

“但是，阿铁是代理旅人的经纪人吧？他只是颐指气使地对你发号施令而已吧？！”她促狭地说道。

我立刻回答说：“不，我每次都觉得是和董事长一起旅行……现在也是。”

微笑和泪水同时涌上心头。我抬起头，努力不让泪水流下来，真理子也跟着我仰起了头。

我们看着头顶上那一片红叶。红色闪亮的顶篷，和上方一望无际的蓝天。真理子用力深呼吸，我也跟着深呼吸。

“真美。”

“真的很美。”

“今天是个好日子。”

“……是个适合旅行的好日子。”

我们互看了一眼，自在地笑了起来。泪水不知道什么时候已经干了。

真理子和我坐在一起，静静地眺望着渐深的秋天很久很久。

水蓝色的汽车在高知县和爱媛县县境的夜路上奔驰。

为了赶上晚上七点四十分从松山机场起飞的末班飞机，真理子以惊人的速度行驶在山路上。路况比从内子去梼原时走的山路稍微好一点，但她的车速非常快，我只能沿途祈祷，不要被警车拦下。

我们在墓地坐了很久之后，又去参观了四国喀斯特地貌，走进真理子常去的咖啡店喝咖啡，一直有聊不完的话，时间在不知不觉中过去了。

当我回过神时，发现天色已暗，我才终于惊叫：“惨了，会赶不上飞机！”

真理子吓了一跳说：“那我送你去松山机场。”

我们傍晚五点多从梼原附近出发，听说开车到松山机场大约两个小时，应该刚好可以赶上办理登机手续。

真理子的车上没有卫星导航系统，我很怀疑她怎么开到松山机场，但真理子说："别小看高知的女人。"这句话果然不是说说而已。

距离班机起飞还有三十分钟，前方出现了机场的灯光。太好了。我在副驾驶座上松了一口气。

"搞什么啊，原来你不相信真理子导航系统？"她似乎有点不满。

机场越来越近，真理子放慢了速度。

"欢迎回来小姐，你还会再来这里吧？"

我点了点头。

"一言为定。"

车子停在机场大厅前的车道上，我急忙下了车，从后车座拿了行李。

"谢谢你这几天的照顾。"

我对着驾驶座上的真理子鞠了一躬，真理子打开副驾驶座旁的车窗，探出身体。

"我可以挥手吗？"她唐突地问道，"我相信总有一天，可以向回忆挥手，今天就是这个日子。"

至今为止，这些回忆持续安慰了我孤独的心。

小时候，关于妈妈的回忆，关于照顾我长大的爸爸的回忆。

关于总是露出开朗笑容的女儿的回忆。

那些温暖的回忆持续温暖了我，但我知道总有一天，我必须向这些回忆挥手道别，迈出那一步，迈向新的人生。

“你为我创造了这个契机，还有悦子姨妈，真的很感谢你们。”

我顿时百感交集，注视着在驾驶座阴影中的真理子，努力思考该怎么回答。真理子双眼发亮，好像在说一件很重大的事。

“还有，你下次来这里旅行时，不必一个人……两个人也可以。

“和那个人一起来。”

她说话的声音很轻，但这句话清楚地传入了我的耳朵。

我只能点头，因为泪水再度涌上眼眶。

真理子缓缓向我挥手，似乎对从眼前飘过的回忆充满了怀念。我也向她挥手，真理子的笑容在我眼中模糊了。

我一直挥着手，直到水蓝色汽车的红色车尾灯消失在夜色中。我很希望可以一直站在这里挥手。

我用力吐出一口气。仰望夜空，漆黑的夜幕中繁星闪烁。

回家吧。

即使没有人等待——我也要回去，回到万代屋的办公室。

因为那里是我的故乡。

我走向航空公司的柜台，幸好还来得及办理登机手续。

“飞机快起飞了，请你赶快去登机口。”

在柜台地勤人员的催促下，我立刻想要走去登机口。就在这时——

我看到一个人影孤零零地坐在登机口附近的长椅上。

那个人穿着花哨的格子西装，系着红色领带。

熟悉的四方形秃头。

他无所事事地叹着气，就像是父亲在担心迟迟不归的女儿。

我当场愣在那里说不出话。四方形秃头大叔突然抬起头看着我，一双大眼睛注视着我。

董事长。

为什么会在这里？

铁壁董事长嘿咻一声站了起来，抓了抓秃头。

“……我来接你。”

忍了一整天的眼泪终于流了下来。

下一刹那，我冲了过去，紧紧抱着董事长的脖子哭了起来，就像迷路的孩子终于遇见了四处寻找自己的父亲。

“喂，喂，你怎么了？别哭啊，都一把年纪了，太丢脸了。”

董事长苦笑着，但声音带着哭腔，好像在哄小孩子般拍着我的背，我的眼泪更不争气地拼命直流。

那是心情舒畅的眼泪。

“董事长，我回来了。”

我在哭泣时，似乎说了这句话，因为我听到董事长回答我。

“欢迎回来。”他只说了这句话。

12

光可鉴人的黑色高级礼车停在万代屋所在的工商大楼前，那是江户酱汁派来迎接的车子。

铁壁董事长最先出现在破旧大楼的门口，穿着几乎渐渐成为他招牌服装的花哨格子西装、黑长裤和鲜红色领带。虽然我说他“品位很差”，但他并不以为意，“因为这是我最像样的衣服，所以也没办法啊”。然后很客气地对恭敬地为他打开后车座车门的司机鞠躬说：“你辛苦了。”

望乃跟着铁壁董事长坐进了后车座，她硬是把已经超出规格的身体挤进紫色印花绸的洋装内，整件洋装几乎快要裂开了。即使董事长口无遮拦地说：“你穿成这样，简直就像是一条无骨火腿。”她也很有自信地说：“你不懂啦，这才是熟女的终极性感。”因为这是她“数十年来”第一次受邀去高级法式餐厅吃午餐，当然不可能要求她低调收敛。

最后，我慌忙坐进副驾驶座。我身上穿的也是最像样的黑色洋装。虽然望乃调侃说：“简直就像是去陪考的妈妈。”但这是我唯一的正式服装，我才是真正的无可奈何。

前天在松山机场搭末班机回到了羽田机场，而且是代理旅人史上第一次由铁壁董事长亲自来迎接。

和悦子总裁第一次餐叙后就失踪的铁壁董事长说，他其实是去旅行了。

起初他把悦子总裁的委托丢在一旁，独自闷闷不乐地躲在家里，也没有向任何人说明理由。因为他根本不知道自己该怎么办，他在家里徘徊，思考着该怎么办，该怎么办，最后想到，这种时候，应该出门去旅行。

回想起来，他曾经听过很多委托人谈起他们对旅行的要求和憧憬，也一次又一次送我踏上旅途，但自己整天坐在董事长办公室的椅子上看各家体育报。

对啊，没错，去旅行吧。

心动不如行动，他把毛巾、牙刷和换洗衣服塞进多年没有使用的旅行袋里，又把一本他最喜欢的川端康成的文库本塞进了上衣口袋，出门去旅行了。但是，他阮囊羞涩，最后决定搭东海道线的慢车，边走边计划。小田原、热海、滨松，他不知厌倦地看着车窗外的风景，然后猛然发现自己的心情变轻松了。

搞什么嘛，我在郁闷什么啊！惠理佳用这种方式持续旅行了好几百天，在旅行的过程中，在内心整理了所有的痛苦和难过的事。

那就是她的优点，清新可人，潇洒得令人心情畅快。

相较之下，我实在太窝囊了。

很久很久以前，我失去了女儿，又被心爱的老婆甩了，我整个人就毁了。工作毁了，人生也毁了，一切都毁了。我变得自暴自弃。

就在那时，我认识了来自礼文岛的惠理佳。

她哭过之后的笑容，简直就像是彩虹。如果美歌还活着，应该就是像她那样的女孩。因为有这样的想法，所以决定无论如何都要栽培她。

但是，最后还是不行。不是因为她没有才华，而是我不行，所以她无法走红。有时候我自暴自弃地希望她赶快回老家去嫁人，但是，她始终没有这么做。

她总是说，这里是我的故乡，铁壁董事长和望乃姐之间的这个位置，就是我的故乡。

最后，她终于成为真正的旅人。

怎么样？是不是很潇洒？

我身为她的“父亲”，不能稍微再潇洒一点吗？

不能来一趟畅快的旅行吗？

多年来，一直霸占在内心深处的那块名为“疙瘩”的石头，似乎发出咕咚一声，慢慢松动了。

董事长的故乡是在离梼原并不远的高知县土佐清水市。他的父母已经离开了人世，和真理子离婚后，他已经没有理由再回去，而且也回不去了。但是，他想到我目前去了四国，自己也很想回到四国，回到自己的故乡。

董事长到了名古屋，打电话给平时执行代理旅人任务时，经常订机票和JR车票的旅行社，得知我果然自己订了羽田到松山的来回机票。

原来惠理佳接受了江田总裁的委托去内子旅行了。董事长觉得自己虽然还不配回故乡，但至少可以来接我。决定之后，他在星期天一大早，就在小牧机场搭上了飞往松山机场的班机。

他就这样在机场等了一整天，直到我为了搭最后一班往羽田机场的飞机前往机场。从松山回羽田的班机上，我听董事长说了他的失踪过程，但其实是他第一次真正旅行的来龙去脉，觉得很好笑，又很高兴，更觉得感恩，忍不住再度流了泪。

我向董事长报告了真理子的事——在内子和椿原发生的事，在美惠子和美歌的坟墓前供奉了淡紫色绢绸巾的事，以及绢绸里面包了什么东西——短短三天时间发生的这些宛如奇迹般的事。

董事长的眼泪始终在眼眶里打转，不发一语地倾听着，当我告诉他，真理子最后说要向回忆挥手道别和下次可以和那个人一起，两个人一起来这里时，一直靠表面张力挂在他那双大眼睛上的泪水终于像溃堤般流了下来。

空姐看到一个穿着像谐星一样的西装、四方形秃头的大男人流眼泪，都感到手足无措，其他乘客也都投来好奇的眼神。我只能又哭又笑地看着他。

"我真是太丢脸了。"董事长的眼睛和鼻子都哭红了，用小毛巾用力擦着脸说道。

我默默摇了摇头。

董事长，你太潇洒了。

到女儿旅行地点的机场来接女儿的父亲，是最棒的父亲。

虽然我很想这么告诉他，但太害羞了，所以只能在心里对他说。

没想到在羽田机场也有惊喜。望乃竟然等在机场大厅。

她一看到我们，立刻用充满怒气的声音对我们大吼了一声："喂！"

原来她也打电话给旅行社，得知我们搭同一班飞机从松山回来，所以就在机场等我们。望乃怒不可遏地说："你们是怎么回事啊！让我一个人担心，总是不把我当一回事！每次都是我等你们回来……"

说到这里，望乃的眼中泛着泪光。

"对不起！"我情不自禁地抱住了她。望乃也抱着我，两个人一起哭了起来。

董事长为了失踪的事拼命道歉，但望乃迟迟不原谅他。最后答应她，把成果交给悦子总裁时，会带她一起去，也会带她去参加在法式餐厅举行的餐叙，才终于搞定她。于是，万代屋经纪公司的所有成员——"搞笑谐星""无骨火腿"和"考生妈妈"出发去见悦子总裁。

和上次一样，江户酱汁董事长办公室的本田室长、公关室的山城室长恭敬地在江户酱汁直营的"三颗星"餐厅的气派建筑物前迎接我们。车子抵达后，紫色的"无骨火腿"突然从后车座走下车，他们两个人都愣了一下。董事长向他们介绍说："这是我们公司的澄川。"望乃主动自我介绍说："我以前是性感偶像，现在是副董。"这再度吓到了两个大叔。

餐厅包厢内的座位也和上周的完全一样，以悦子总裁为中心，曙光电视台的制作人藤岛先生、番通的德田课长和导播市川先生已经入座，等待我们的出现。藤岛先生和德田先生应该对铁壁董事长之前没有去参加《小旅行》特别节目的讨论很生气，董事长在来这里的车上告诉我，他打算对此郑重道歉。

"即使你被迫换去其他经纪公司，我也打算拜托他们，让《小旅行》复活。"

虽然董事长嘴上这么说，但这句话可能言不由衷，所以他的眉毛一直抖个不停。我觉得他逞强的样子很滑稽，差一点笑出来，最后还是默默听他说话。

当我们走进包厢时，悦子总裁静静地站了起来，双眼直视着我，我也注视着悦子总裁的眼睛。

“我回来了。”我对她说。

悦子总裁嘴角露出微笑，对我说：“欢迎回家。”

制作人藤岛先生用眼神问我：“欢迎回来小姐，你应该完成了江田总裁委托的任务吧？”《小旅行》这个节目能不能复活，完全在悦子总裁的一念之间，所以制作人藤岛先生一定很在意，我到底有没有把成果带来。左侧的德田课长依然面无表情，好像木芥子人偶般站在那里。市川先生的气色很差，因为他知道内情，所以更加心神不宁，可以感受到他好像在听最后的审判般充满紧张。

铁壁董事长对着悦子总裁深深地鞠了一躬，他这一次没有闪躲，也没有逃避，用开朗的声音说：“让您久等了，今天把成果带来了。”

悦子总裁看着铁壁董事长点了点头，所有人都坐了下来。这次没有像上次一样先用香槟干杯，验收旅行的成果是眼前的头等大事。

我从腿上的托特包里拿出淡紫色的绢绸巾放在白色桌布上，然后直视着悦子总裁说：“很遗憾，我没有带回您期望中的成果。”

室内的气氛顿时紧张起来。

“……没有完成吗？”悦子总裁真情流露地问道，感觉好像在问孙女是否金榜题名。

她的表情很可爱，我忍不住对她微笑。

“您当初委托时交代，‘把这块空的绢绸巾交还给我，就当作是这次旅行的成果’……我没有做到。”

说完，我把绢绸巾滑到悦子总裁面前，总裁低头看着洁白桌布上的淡紫色绢绸巾，双手拿起来之后，好像在触摸玻璃雕刻般小心翼翼地打开。

“啊……”

悦子总裁惊讶地叫了一声，表情和真理子在墓前打开绢绸巾时的表情一模一样。

绢绸巾并不是空的。

里面有一张和纸，还有一片枫叶。

她唯一的外甥女在和纸上写了一段话——

悦子姨妈：

您想要旅行吗？欢迎来我妈妈和我女儿安眠的地方旅行，和迈向崭新人生的我一起旅行。

真理子

悦子总裁端详着真理子亲手制作的和纸，那带着温暖色调和温柔手感的便条纸良久，又用指尖轻轻摸着枫叶。当她闭上颤抖的眼睑时，一行眼泪顺着她的脸颊滑落。

总裁身旁的人不知道发生了什么事，瞪大眼睛骚动起来。当他们发现绢绸巾里包着手写的便条纸和枫叶时，恍然大悟般地安静下来。

这必定是悦子总裁多年来期盼的一刻。

母亲和自己一直期盼可以再见年幼离家的妹妹一面，所以始终保留着她的纪念品。此时此刻，所有痛苦的思念终于有了回报。

悦子总裁用手帕擦着眼角说："你看看你，到底做了什么好事？旅人欢迎回来小姐每次都这样吗？"

"是……"我忍着眼泪想要回答。

"是啊，她每次都这样，让等待的人一直提心吊胆，整天都让人操心。"董事长在一旁插嘴说，他的声音带着哭腔。

望乃也在一旁附和："是啊，就是啊。每次都很担心她能不能把客户委托的成果带回来，把人弄得紧张死了，她怎么可以把周围人搞得这么心神不宁。话说回来，那个啊，每次她旅行回来，都会让我们……感动落泪。"说到这里，望乃也忍不住流下了眼泪。

市川先生似乎终于忍不住了，他大声地说："没错，欢迎回来小姐是日本第一的旅人，是最棒的代理旅人！"

下一刹那，悦子总裁身旁的大叔都笑逐颜开。

本田先生和山城先生都笑了，藤岛先生也露出了苦笑，似乎觉得"真伤脑筋啊"，就连德田先生也不再面无表情，露出我从来没见过的笑容。悦子总裁也跟着大家笑了起来。铁壁董事长、望乃和市川先生也笑了，餐桌旁充满了笑容。

那是等待我从旅途归来的人露出的灿烂笑容。

我就是想要见到这样的笑容，所以才会去旅行，正因为有这些笑容等待着我，所以我会踏上旅程。

去旅行太棒了，回来能够看到这样的笑容太棒了。

悦子总裁仍然带着笑容，看了看董事长，又看了看我说："为了感谢你带回超乎想象的成果……趁曙光电视台和番通的人都在场，我现在宣布——"

藤岛先生、德田先生和市川先生都正襟危坐，转头看向悦子总裁。

悦子总裁恢复了股票在东证一部上市的企业总裁的严肃表情，庄严地宣布："本公司保证，今后将全面支持《小旅行》复活，成为该节目的赞助厂商。"

铁壁董事长、望乃和市川先生都兴奋得快要跳起来了，但我立刻语气坚定地说："谢谢您的好意，但容我婉拒。"

所有人都愣住了。他们可能听不懂我的意思，所以都说不出话来。我忍不住扑哧一声笑了起来。

"因为我现在已经不是'艺人'欢迎回来小姐，而是'代理旅人'欢迎回来小姐，只要有人委托我代为旅行，我就会持续做下去。"

我鞠躬道歉说："对不起。"

其他人还是不说话，悦子总裁最先开了口。

"所以，你接下来还要继续当代理旅人吗？"

她说话的声音，好像即将展开一场冒险。

"对，"我很爽快地回答，"我会继续当代理旅人。"

之后全场陷入了一片骚动。

藤岛先生和德田先生对我连连摇头。既然总裁已经同意了，你脑筋有问题吗？！市川先生拍着手，连声说"太猛了，太猛了"，似乎完全忘记总裁就在一旁。

本田先生和山城先生很宽容地对我说，公司已经拨了预算，我随时都可以改变主意。结果，这又引发了藤岛先生和德田先生对我的失望。

望乃重重地叹着气说："你真的是笨得无可救药。"但随即又对我咬耳朵说："即使节目复活了，你的酬劳还是很便宜。"最后挺起胸膛说："全世界只有我们经纪公司有代理旅人的业务。"

悦子总裁兴奋地说："那我可以再次委托你旅行吗？这次想和你一起去内子和椿原，而且要偷偷地去。"最后还问铁壁董事长："你要不要一起去？"

至于铁壁董事长，似乎很受不了我。

你真是无药可救了，又要去旅行？

好吧，那也没办法，那就再陪你玩一阵子。

偶尔也要带我出门去旅行啊。

心情畅快无比的旅行。温暖人心的旅行。

一起去清新的风吹拂、充满怀念的风景彼岸。

我和你一起，天涯海角任我们行。

我今天也在旅行。

我去旅行的地方，一定有人在等我。当我回来时，一定会有人对我说："欢迎回来小姐，欢迎回来。"这是最令我高兴的事。

所以我今天也在旅行。

明天、后天，也会继续旅行。

"真拿你没办法。"董事长笑着说。

"要节省经费。"望乃向我抱怨。

这次要去哪里？大家都问我。

我不知道要去哪里，不过，别担心，为了听别人对我说"欢迎回来"，我会回来。

喂？妈妈？是我。

嗯，我很好。我时常在旅行。不瞒你说，我现在正在旅途的天空下，只是突然想听听你的声音。

你那里的冰雪已经融化了吧？春天来临，进入夏天后，岛上就会开满鲜花，我总是想起无名丘上满山遍野的高山瞿麦开的花。

妈妈，虽然身为艺人，我没能够开花，无法完成和爸爸说好的“我要成名，然后回到这里”的约定。

但是，每次旅行，我都觉得正一步一步接近充满怀念的故乡。

妈妈，下次高山瞿麦开花时——我可以回家吗？